OPOWIADANIA
BIZARNE

Olga Tokarczuk

OPOWIADANIA BIZARNE

Wydawnictwo Literackie

Pasażer

Pewien człowiek, który siedział obok mnie podczas długiego nocnego lotu przez ocean, opowiedział mi o lękach, które miewał nocą jako dziecko. Zwidywał mu się wciąż ten sam koszmar, a on krzyczał i w panice przywoływał rodziców.

Działo się to w długie wieczory — cichy, źle oświetlony czas bez telewizyjnych ekranów (słychać było co najwyżej szmer radia albo szelest ojcowskiej gazety) sprzyjał uprawie dziwnych myśli. Ten człowiek pamiętał, że już od podwieczorku zaczynał się bać, mimo uspokajających słów rodziców.

Miał wtedy trzy, może cztery lata. Mieszkał w ciemnym domu na peryferiach miasteczka, jego ojciec był dyrektorem szkoły, zasadniczym, a nawet kostycznym, matka zaś pracowała w aptece, otoczona wiecznie chmurą zapachu lekarstw. Miał też starszą siostrę, lecz ona, w odróżnieniu od rodziców, nie próbowała mu pomóc. Wręcz przeciwnie — z nie-zrozumiałą dla niego, nieukrywaną radością przypominała mu już od południa, że noc jest tuż-tuż. I gdy nie było w pobliżu dorosłych, karmiła go opowieściami o wampirach, trupach powstających z grobów i wszelkiego rodzaju piekielnych istotach. Ale, co było dziwne, jej opowieści wcale nie budziły u niego strachu — nie umiał się bać tych wszystkich rzeczy powszechnie uznawanych za straszne, one wcale go nie przerażały, jakby miejsce na lęk było w nim już zajęte, a wszystkie możliwości odczuwania go zostały wyczerpane. Słuchał jej podnieconego głosu, gdy dramatycznym szeptem próbowała go nastraszyć; słuchał go bez emocji, wiedząc, że jej opowieści są niczym istotnym przy tamtej postaci, którą widywał co noc, gdy leżał w łóżku. Jako dorosły mógłby więc być swojej siostrze wdzięczny, zaszczepiła mu bowiem tymi opowieściami jakąś odporność na wszystkie pospolite strachy świata, tak że w pewnym sensie wyrósł na człowieka nieulękłego.

Przyczyna lęku była niewypowiadalna, nie umiał znaleźć na nią słów. Kiedy rodzice wpadali do jego pokoju, pytając, co się dzieje, co mu się śniło, mówił tylko „on" albo „ktoś", albo „ten". Ojciec zapalał światło i ufny w przemożną siłę dowodu empirycznego, wskazywał kąt za szafą czy miejsce obok drzwi, powtarzając: „Widzisz, nic tu nie ma, nic tu nie ma". Matka działała inaczej — przytulała go do siebie, spowijała go swoją antyseptyczną wonią apteki i szeptała: „Jestem z tobą, nic złego stać ci się nie może".

Lecz on był za młody, żeby przerażało go zło. W gruncie rzeczy nic jeszcze o złu ani dobru nie wiedział. Był też za młody, żeby bać się o swoje życie. Są zresztą przecież gorsze rzeczy niż śmierć, niż wyssanie krwi przez wampira, niż rozszarpanie przez wilkołaki. Dzieci to wiedzą najlepiej: samą śmierć da się jeszcze przeżyć. Najgorsze bywa to, co powtarzalne, rytmiczne, niezmienne, przewidywalne, nieuchronne i bezwładne — to, na co się nie ma wpływu, a co chwyta w swoje kleszcze i targa ze sobą do przodu.

Widział więc w swoim pokoju, gdzieś między szafą a oknem, ciemną postać człowieka. Stał tam i nie ruszał się. W mrocznej plamie, która musiała być twarzą, żarzył się mały czerwony punkt — koniec papierosa. Owa twarz wyłaniała się od czasu do czasu z mroku, gdy papieros rozjarzał się mocniej. Blade zmęczone oczy patrzyły na dziecko intensywnie, z jakąś pretensją. Gęstwina siwiejącego zarostu, twarz pobrużdżona, wąskie wargi stworzone do zaciągania się dymem. Stał tak bez ruchu, gdy pobladłe ze strachu dziecko odprawiało swoje pospieszne ochronne rytuały — chowało głowę pod kołdrę, zaciskało dłonie na metalowych poręczach łóżka i recytowało bezgłośnie modlitwę do Anioła Stróża, której nauczyła go babcia. Ale to nie pomagało.

Modlitwa zamieniała się w krzyk i na pomoc przybiegali rodzice.

Trwało to przez jakiś czas, wystarczająco długi, żeby zasiać w dziecku brak zaufania do nocy. Ale ponieważ po nocy zawsze przychodził dzień i wspaniałomyślnie rozgrzeszał każdy twór ciemności, dziecko rosło i zapominało. Dzień stawał się coraz potężniejszy, niósł z sobą coraz więcej niespodzianek. Rodzice odetchnęli z ulgą i wkrótce zapomnieli o dziecięcych lękach syna. Starzeli się spokojnie, wietrząc każdej wiosny wszystkie pokoje. Ów człowiek zaś z dziecka zamieniał się w mężczyznę, nabierając przekonania, że wszystko co dziecięce nie jest warte większej uwagi. Z jego pamięci zresztą poranki i południa wymazywały zmierzchy i noce.

Dopiero ostatnio — tak mi opowiadał — po tym, jak nie wiadomo kiedy łagodnie przekroczył sześćdziesiątkę, gdy któregoś wieczora wrócił zmęczony do domu, odkrył całą prawdę. Przed pójściem spać zapragnął zapalić papierosa, stanął więc przy oknie, które ciemność na zewnątrz zamieniła w krótkowzroczne lustro. Błysk zapałki przedziurawił na chwilę ciemność, a potem żar papierosa oświetlił na moment czyjąś twarz. Wyłaniała się z mroku wciąż ta sama postać — blade wysokie czoło, ciemne plamy oczu, kreska ust i siwiejąca broda. Rozpoznał go natychmiast, nie zmienił się od tamtego czasu. Zadziałał nawyk — już nabrał powietrza, by krzyknąć, ale przecież nie miał kogo przywołać. Jego rodzice dawno umarli; był sam, a dziecięce rytuały także straciły swoją moc, od dawna nie wierzył w Anioła Stróża. Lecz gdy w tej jednej chwili zrozumiał, kogo bał się kiedyś tak bardzo, przyniosło mu to prawdziwą ulgę. Rodzice mieli poniekąd rację — świat na zewnątrz jest bezpieczny.

„Człowiek, którego widzisz, nie dlatego istnieje, że go widzisz, ale dlatego, że to on na ciebie patrzy" — powiedział jeszcze na zakończenie tej dziwnej historii, a potem zapadliśmy w sen ukołysani basowym mruczeniem silników.

Zielone Dzieci,
czyli
Opis dziwnych zdarzeń na Wołyniu
sporządzony przez medyka Jego
Królewskiej Mości Jana Kazimierza,
Williama Davissona

Zdarzyło się to wiosną i latem 1656 roku, kiedy to już kolejny rok bawiłem w Polsce. Zjawiłem się tu przed paroma laty na zaproszenie Marii Ludwiki Gonzagi, małżonki królewskiej Jana Kazimierza, Króla polskiego, żeby objąć stanowisko królewskiego medyka i zarządcy ogrodów królewskich. Zaproszeniu temu nie mogłem odmówić z racji dostojeństwa zwracających się do mnie osób, a także z pewnych względów prywatnych, o których jednak tutaj mówić nie ma potrzeby. Gdy jechałem do Polski, czułem się nieswojo, nie znałem bowiem tego tak bardzo oddalonego od znanego mi świata kraju, i miałem siebie za jakiegoś eks-centryka, kogoś, kto wychodzi poza centrum, w którym wiadomo, czego się spodziewać. Bałem się obcych zwyczajów, gwałtowności ludów wschodnich i północnych, lecz nade wszystko tutejszej nieprzewidywalnej aury, chłodu i wilgoci. Miałem przecież w pamięci los mego przyjaciela, René Descartes'a, który kilka lat wcześniej zaproszony przez szwedzką królową, udał się na jej chłodne północne pałace w dalekim Sztokholmie i tam przeziębiwszy się, zmarł w kwiecie wieku i w pełni władz umysłowych. Jakaż to strata dla wszelkich nauk! Obawiając się podobnego losu, przywiozłem z Francji kilka najlepszych futer, lecz już pierwszej zimy okazały się one zbyt lekkie i delikatne jak na tutejszą pogodę. Król, z którym to szybko szczerze się zaprzyjaźniłem, podarował mi futro wilcze, do samych kostek, nie rozstawałem się z tym futrem od października do kwietnia. Także podczas opisywanej tu wyprawy, a był to już marzec, miałem je na sobie. Wiedz, Czytelniku, że zimy w Polsce, jak w ogóle na północy, bywają srogie — wystaw sobie, że do Szwecji podróżuje się po skutym lodem Mare Balticum, a na wielu zamarzniętych stawach i rzeczkach urządza się karnawałowe jarmarki. I jako że ta pora roku trwa tutaj długo, a rośliny chowają się wtedy pod śniegiem, botanikowi, prawdę mówiąc, pozostaje niewiele czasu na badania. Chcąc nie chcąc, zajmowałem się więc ludźmi.

Nazywam się William Davisson, jestem Szkotem i pochodzę z Aberdeen, lecz wiele lat przebywałem we Francji, gdzie karierę moją uwieńczyło stanowisko królewskiego botanika i gdzie opublikowałem swoje dzieła. Prawie nikt ich w Polsce nie

znał, lecz ceniono mnie, jako że tu ceni się przyby-
szów z Francji bezkrytycznie.

Co mnie skłoniło, żeby pójść w ślady Descartes'a i udać się na kraniec Europy? Trudno byłoby
na takie pytanie odpowiedzieć krótko i rzeczowo,
lecz ponieważ ta historia nie mnie dotyczy i jestem
w niej tylko świadkiem, pozostawię je bez odpowiedzi, ufając, że każdego czytelnika bardziej po-
ciąga sama opowieść niż błaha postać tego, kto ją
opowiada.

Moja służba przy Królu polskim zbiegła się
w czasie z najgorszymi wydarzeniami. Wyglądało
na to, że przeciwko polskiemu królestwu zmówiły
się wszelkie złe moce. Kraj targany był wojną, pu-
stoszony przez szwedzkie wojska, na wschodzie zaś
nękany atakami moskiewskimi. Na Rusi już wcześniej powstali niezadowoleni chłopi. Król tego nie-
szczęsnego państwa, niczym za sprawą tajemnych
odpowiedniości, dręczony był licznymi chorobami,
jak jego kraj najazdami. Ataki melancholii leczył
często winem i bliską obecnością płci niewieściej.
Jego sprzeczna w sobie natura kazała mu ciągle być
w podróży, choć nieustannie powtarzał, że nienawi-
dzi ruchu i tęskni do Warszawy, gdzie czekała na
niego ukochana żona, Maria Ludwika.

Orszak nasz posuwał się z północy, gdzie Jego
Królewska Mość wizytował stan kraju i próbował
zawiązać koalicje z możnowładcami. Już się tam
pojawiły siły moskiewskie i jęły swoje zakusy na

Rzeczpospolitą uskuteczniać, a wziąwszy pod uwagę Szwedów, którzy panoszyli się na zachodzie, zdawało się, że wszystkie ciemne siły zmówiły się i polską ziemię wybrały dla siebie na okrutne *theatrum* wojny. Dla mnie była to pierwsza wyprawa w ten peryferyjny dziki kraj, a zacząłem był jej żałować, już kiedyśmy opuścili przedmieścia Warszawy. Kierowała mną wszakże ciekawość filozofa i botanika (a także — co tu kryć — dobre apanaże) — gdyby nie to, wolałbym zostać w domu i poświęcać czas spokojnym badaniom.

Nawet w tak trudnych warunkach oddawałem się jednak nauce. Od kiedy bowiem przybyłem do tego kraju, zainteresował mnie pewien miejscowy fenomen, znany wprawdzie na świecie, lecz tutaj nadzwyczaj rozpowszechniony, tak iż wystarczyło przejść biedniejszymi ulicami Warszawy, aby go dostrzec na głowach ludu — *plica polonica*, kołtun, jak go tu zwą: dziwny twór ze skręconych, zbitych włosów w różnych postaciach, a to postronków, a to kłębu włosianego, czy jakby warkocza podobnego do bobrzego ogona. Uważano, że ów kołtun jest pełen dobrych i złych mocy, tak iż jego właściciele woleli podobno umrzeć, niż się go pozbyć. Przywykły do szkicowania, miałem już wiele rysunków i opisów tego zjawiska i zamierzałem po powrocie do Francji opublikować na ten temat dziełko. Owa przypadłość znana jest pod wieloma nazwami w całej Europie. We Francji bywa może najrzadsza, ludzie tam bowiem przywiązują wielką wagę do swojego wyglądu i trefią nieustannie włosy. W Niemczech *plica polonica* występuje jako *mahren-locke* albo *alpzopf* czy *drutenzopf*. Wiem, że w Danii mówi się o nim *marenlok*, w Walii i Anglii zaś *elvish knot*. Kiedym jednego razu jechał przez Dolną Saksonię, słyszałem, że nazywali takie włosy *selkensteert*. W Szkocji uważa się, że jest to starożytna fryzura dawnych pogan żyjących w Europie, częsta u plemion druidzkich. Czytałem także, że za początek *plica polonica* w Europie uważa się najazd Tatarów na Polskę pod rządami Leszka Czarnego. Istniały też przypuszczenia, że moda ta przywędrowała aż z Indii. Spotkałem się nawet z ideą, iż to Hebrajczycy pierwsi wprowadzili zwyczaj splątywania włosów w sfilcowane strąki. *Nazer* mówiło się o świętym mężu, który ślubował nie obcinać nigdy włosów dla chwały Bożej. Taka liczba sprzecznych teorii i biały śnieżny bezkres sprawiły, że najpierw pogrążony w umysłowym otępieniu, popadłem w końcu w twórcze podniecenie i badałem *plica polonica* w każdej wsi, którą mijaliśmy.

W pracach moich pomagał mi młody Ryczywolski, zdolny wielce chłopak, który nie tylko był mi butlerem i tłumaczem, lecz również pomagał prowadzić badania, a także — nie będę tego krył — wspierał mnie duchowo w tym obcym otoczeniu.

Podróżowaliśmy konno. Marcowa pogoda przypominała a to zimową jeszcze, a to tę z przednówka wiosny, błoto na drogach naprzemiennie zamarzało i rozmarzało, zamieniając się w straszną breję, prawdziwe bagno, i powozy nasze z bagażami co rusz wpadały w nie całymi kołami. Przenikliwe zimno zamieniało nasze postaci w coś podobnego tobołom futrzanym.

W tej dzikiej krainie, bagnistej, porosłej lasami osady ludzkie bywają zwykle daleko od siebie położone, tak iż na nocleg musieliśmy rozkładać się bez marudzenia w byle jakich zatęchłych dworkach, raz nawet nocowaliśmy w karczmie, jako że spadł śnieg i spowolnił naszą jazdę! Jego Wysokość występował wtedy *incognito*, udając zwykłego szlachcica. Na postojach aplikowałem Jego Królewskiej Mości lekarstwa, a wiozłem ze sobą całą aptekę, i bywało, że puszczałem krew na pospiesznie skleconym łożu, tam zaś, gdzie się dało, urządzałem królewskiemu ciału solne kąpiele.

Ze wszystkich chorób królewskich najbardziej szkodliwa wydawała mi się ta dworska, którą podobno Jego Wysokość przywiózł z Włoch czy Francji. Choć dolegliwości widocznych nie dawała i łatwo ją było ukryć (przynajmniej na początku), to następstwa jej bywały bardzo niebezpieczne i zdradliwe; dowodzono bowiem, że mogła rzucić się na głowę i zmysły człowiekowi pomieszać. Dlatego gdy tylko przybyłem na dwór Jego Wysokości, nalegałem na kurację merkurialną, trzy niedziele trwającą, ale Jego Wysokość nigdy czasu nie mógł znaleźć, żeby w spokoju rtęci zażywać, w podróży zaś kuracja taka mało była skuteczna. Z innych królewskich chorób martwiła mnie podagra, choć jej łatwo było zapobiegać, jako że brała się z nieumiarkowania w jedzeniu i piciu. Z nią wystarczyło postem walczyć, lecz w podróży pościć było trudno. Tak więc niewiele robiłem dla Jego Królewskiej Mości.

Król podążał do Lwowa, po drodze zaś spotykał się z wielmożami miejscowymi, zabiegając o wsparcie i napominając, że są jego poddanymi, wierność bowiem tej szlachty wielce była wątpliwa, jako że zawsze baczyła ona na własną korzyść, a nie na dobro Rzeczypospolitej. Przyjmowano nas niby godnie, goszczono wystawnie i z wielkim przepychem, ale czasem czułem, że co niektórzy mają tu Króla za petenta. A bo i co to za królestwo, gdzie władcę obiera się za pomocą głosowania! Widział to kto?

Wojna to jest fenomen straszliwy, piekielny — nawet jeżeli siedzib ludzkich nie dotykają same walki, to ona i tak rozchodzi się wszędzie, pod najlichszą strzechę, głodem, chorobą, strachem powszechnym. Serca twardnieją, obojętnieją. Zmienia się całe ludzkie myślenie — każdy dba tylko o siebie i baczy, jak tu samemu przetrwać. Niejeden robi się przy tym okrutny i nieczuły na cudze cierpienie. Ileż przez tę drogę z północy do Lwowa naoglądałem się zła wyrządzonego przez ludzi, ile przemocy, gwałtu, mordu, niebywałego barbarzyństwa.

Całe wsie popalone, pola zryte, zamienione w ugory, wyrastające wszędzie szubienice, jakby temu tylko służyć miała sztuka ciesielska — budowaniu narzędzi mordu i zbrodni. Ciała ludzkie niepochowane, rozszarpane przez wilki i lisy. Ogień tylko i miecz mają tu zatrudnienie. Wszystko to chciałbym zapomnieć, ale i teraz, gdym już powrócił do ojczyzny i piszę te słowa, wciąż stają mi te obrazy przed oczami i pozbyć się ich nie mogę.

Wieści do nas coraz gorsze dochodziły, a lutowa klęska regimentarza Czarnieckiego w bitwie ze Szwedami pod Gołębiem tak się na królewskim zdrowiu odbiła, że ostatecznie musieliśmy stanąć na dwa dni, by Król wód egierskich mógł w spokoju zażyć i dekokt pić, aby siły nerwowe odzyskać. I było tak, jakby na królewskim ciele odbijała się cała choroba Rzeczypospolitej, jakby łączyła je tajemnicza powinowatość. Po onej bitwie przegranej, zanim nawet jeszcze listy dotarły, dostał bowiem Król ataku podagry z gorączką i bólem tak strasz- liwym, żeśmy go ledwie opanować mogli.

Gdzieś dwa dni drogi przed Łuckiem, gdy mijaliśmy spalony lat temu parę przez Tatarów Lubieszów i gdyśmy przez gęste wilgotne lasy przejeżdżali, zdałem sobie sprawę, iż nie ma potworniejszej krainy na ziemi, i jąłem żałować, żem się na tę wyprawę zgodził. Miałem oto bowiem głębokie przeświadczenie, że do domu nie wrócę i że wobec tych mokradeł wszechobecnych, wobec lasu wilgotnego, niskiego nieba, kałuż pokrytych cienkim lodem, które przypominały rany jakiegoś leżącego na ziemi olbrzyma, wszyscy, biednie czy bogaciej przystrojeni, królowie, panowie, żołnierze czy chłopi, wszyscy jesteśmy niczym. Widzieliśmy strawione ogniem mury kościoła, gdzie tatarska dzicz zamknęła mieszkańców wsi i spaliła żywcem, lasy szubienic i czarne pogorzeliska ze zwęglonymi zwłokami ludzi i zwierząt. Wtedy dopiero dobrze zrozumiałem zamysł królewski, by się do Lwowa udać i w ten czas straszny, kiedy zewnętrzne siły Rzeczpospolitą rozrywają, oddać kraj pod opiekę najmocniej tutaj czczonej i wysławianej Maryi, Matce Chrystusowej, błagając ją w ten sposób o wstawiennictwo u Boga. Z początku dziwna mi się zdawała ta atencja dla Matki Boskiej. Często miałem wrażenie, iż oni tu czczą jakąś boginię pogańską i — oby nie zostało to mi poczytane za bluźnierstwo — sam Bóg i Syn Jego w orszaku Maryi pokornie niosą za nią wstęgi. Tutaj każda kapliczka Maryi jest poświęcona, toteż do jej wizerunków przywykłem tak dalece, że i ja sam do niej jąłem wznosić modlitwy podłymi wieczorami, kiedyśmy zziębnięci i głodni rozkładali się na nocleg, mniemając w skrytości serca, że ona jest tutaj kraju tego władczynią, podczas gdy u nas Jezus Chrystus króluje. Nic innego nie pozostało, jak tylko oddać się całkowicie sile wyższej.

Tego dnia, gdy Król dostał ataku podagry, zatrzymaliśmy się w posiadłości pana Hajdamowicza, podkomorzego łuckiego. Był to dwór drewniany, na suchym cyplu wśród bagien pobudowany, otoczony chałupami drwali, nielicznych chłopów i służby. Jego Wysokość nie wieczerzał, zaraz poszedł się położyć, ale spać nie mógł, dlatego musiałem sen nań sprowadzić moimi miksturami.

Ranek był na tyle pogodny, że niedługo po świtaniu kilku zbrojnych z orszaku królewskiego, żeby skrócić czas czekania przed wyruszeniem w dalszą drogę, puściło się w gąszcz, jakoby za zwierzyną, i z oczu nam zniknęli. Spodziewaliśmy się sarny delikatnej albo bażantów, a tu nasi myśliwi przywieźli zdobycz niezwykłą, taką że bez wyjątku oniemieliśmy, łącznie z zaspanym Królem, który natychmiast otrzeźwiał.

Było to dwoje dzieci, drobnych i chudych, ubranych marnie, a nawet gorzej niż marnie, bo w jakieś grubo tkane płótno, podarte i umazane błotem. Włosy miały posklejane w postronki, które mnie żywo zajęły, jako że to był doskonały przykład *plica polonica*. Dzieci związano niczym sarny i przytroczono do siodeł — bałem się, czy ich tym sposobem nie poturbowano i cienkich kosteczek im nie połamano. Zbrojni tłumaczyli, że nie mogli inaczej, bo gryzły i kopały.

Gdy Jego Wysokość kończył śniadać, a potem miał jeszcze ziół zażywać, co dawało nadzieję na poprawę jego humoru, wyszedłem do owych dzieci i kazawszy wprzód obmyć im twarze, przyjrzałem się im z bliska, bacząc jednak, by mnie nie ugryzły. Gdyby po wzroście oceniać, powiedziałbym, że miały jakieś cztery i sześć lat, jednak czyniąc to według ich zębów, uznałem, że są starsze, choć drobno wyglądają. Dziewczynka była większa i silniejsza, chłopiec zaś marniutki, zabiedzony, ale rześki i ruchliwy. Lecz to, co mnie w nich zajęło najbardziej, to ich skóra. Miała dziwny, niewidziany przeze mnie nigdzie odcień — ni to młodego groszku, ni to włoskiej oliwki. Włosy zaś, które w skołtunionych strąkach zwisały im na twarz, były jasne, ale jakby pokryte zielonym nalotem, niczym omszałe kamienie. Rzekł mi młody Ryczywolski, że owe Zielone Dzieci, jak je zaraz nazwaliśmy, są to zapewne ofiary wojny, które natura wykarmiła w lesie, jak to się czasem słyszało choćby w historii o Romulusie i Remusie. Pole działania natury jest ogromne, o wiele większe niż skromne poletko człowieka.

Pytał mnie raz Król — gdyśmy przez step jechali od Mohylewa, gdzie na horyzoncie dymiły jeszcze popalone wsie zagarniane szybko przez las — co to jest przyroda. Odpowiedziałem mu więc według mojego przekonania, iż przyroda to jest to wszystko, co nas otacza, wyjąwszy to, co ludzkie, czyli nas samych i nasze twory. Król pomrugał wtedy oczami, jakby robił próbę naoczną, a co tam zobaczył, nie wiem, i rzekł:

— To jest wielkie nic.

Myślę, że tak widzą świat oczy wychowanych na dworach, przyzwyczajone patrzeć na zawijasy weneckich tkanin, na wymyślne sploty kilimów tureckich, na układanki z kafli i na mozaiki. Gdy wzrok ich zostanie wystawiony na całe skomplikowanie natury, ujrzą tam tylko chaos i owo wielkie nic.

Każda pożoga sprawia, że natura odbiera to, co człowiek jej zabrał, a także odważnie sięga po same istoty ludzkie, próbując przywrócić je do stanu naturalnego. Lecz patrząc na te dzieci, można by wątpić, czy jakiś raj jeszcze w naturze istnieje, może raczej piekło, tak były one dzikie i wymizerowane. Jego Wysokość był niebywale nimi zaciekawiony — kazał je do bagażu dołączyć, aby do Lwowa z nami dotarły i tam przebadane dokładnie zostały, lecz w końcu z pomysłu swego zrezygnował, bo okoliczności nagle się odmieniły. Okazało się bowiem, że paluch u stopy królewskiej spuchł tak straszliwie, iż nie dało się już Jego Wysokości założyć butów. A i ból doświadczał go potężnie — widziałem wzbierające krople potu na królewskiej twarzy. Ciarki przeszły mi po plecach, gdy usłyszałem, jak władca tego wielkiego państwa zaczyna jękliwie zawodzić. O wyjeździe nie było mowy. Ułożyłem Jego Wysokość przy piecu i przygotowywałem kompresy, kazałem też usunąć z izby wszystkich, którzy mogliby niepotrzebnie świadkować chorobie

Królewskiego Majestatu. Gdy wynoszono owe nieszczęsne złapane w lesie dzieci, powiązane jak jagnięta, jakimś cudownym sposobem dziewczynka wyrwała się służącym i rzuciła się do zbolałych stóp Króla. Poczęła pocierać paluch swoimi skołtunionymi włosami. Zdumiony władca nakazał gestem, żeby jej na to pozwolić. Jego Wysokość stwierdził po chwili zaskoczony wielce, że boli mniej, po czym polecił, aby dzieci dobrze nakarmiono i odziano wreszcie jak ludzi, co też uczyniono. Wszelako kiedyśmy pakowali bagaże i kiedym ot, tak, niewinnie, ku chłopcu wyciągnął rękę, żeby go pogłaskać po głowie, jak to się czyni z dziećmi w każdym kraju, zostałem przezeń ugryziony w nadgarstek tak mocno, że aż mi się krew puściła. Obawiając się wścieklizny jakiej, odszedłem obmyć rankę w pobliskim strumyku. I tam też, przy wodzie, na błotnistym i grząskim brzegu, stało się, żem się pośliznął fatalnie i spadając, uderzyłem całym ciałem o mostek drewniany, tak że składowane obok drewno runęło na mnie w jednej chwili. Poczułem ból straszliwy w nodze, który sprawił, żem zawył niczym zwierz. Zdążyłem jeszcze pojąć, iż nie jest dobrze, po czym zemdlałem.

Gdy doszedłem do siebie, klepany po twarzy przez młodego Ryczywolskiego, zobaczyłem nad sobą sufit izby we dworze, a wokół zatroskane twarze, w tym i twarz Jego Wysokości — wszystkie one dziwnie były porozciągane, chwiejne, nieostre.

Zrozumiałem wtedy, że mam gorączkę i że pozostawałem nieprzytomny dłuższy czas.

— Na miłość boską, Davisson, coś ty sobie zrobił? — rzekł Jego Wysokość zatroskany, pochylając się nade mną. Utrefione loki jego podróżnej peruki musnęły moją pierś i miałem wrażenie, że ten delikatny dotyk też mnie zabolał. Nawet w takiej chwili nie uszło wszakże mojej uwagi, że twarz Jego Królewskiej Mości rozpogodziła się, że krople potu z niej zniknęły i że stał przede mną w butach.

— Ruszać musimy, Davisson — rzekł do mnie zmartwiony.

— Beze mnie? — jęknąłem przerażony, trzęsąc się cały z bólu i strachu, że mnie tu zostawią.

— Będziesz miał tu niebawem najlepszego lwowskiego medyka...

Zaszlochałem bardziej z rozpaczy niż fizycznego cierpienia.

Pożegnałem się ze łzami z Jego Wysokością, którego orszak ruszył dalej. Beze mnie! Zostawiono mi za towarzysza młodego Ryczywolskiego, czym ukojono przynajmniej część mojego bólu, i powierzono nas opiece podkomorzego Hajdamowicza. Chyba ku pocieszeniu naszemu pozostawiono też we dworze Zielone Dzieci — może po to, żeby zapewnić mi zajęcie jakie, zanim nie przyjedzie po mnie ratunek.

Okazało się, że moja noga jest złamana podwójnie i do tego w sposób wielce pogmatwany.

23

W jednym miejscu kość przebiła skórę i trzeba było wielkich umiejętności, żeby to złożyć. Sam sobą zająć się nie mogłem, bo zaraz mdlałem, choć słyszałem o takich, co nawet na sobie sami amputacji dokonywali. Jeszcze przed wyruszeniem Król posłał przodem umyślnego z rozkazem, aby natychmiast ruszał tu najlepszy lekarz ze Lwowa, ale przypuszczałem, że trzeba było co najmniej dwa tygodnie, by się przy mnie zjawił. Tymczasem nogę należało jak najprędzej złożyć, bo gdyby w tym wilgotnym klimacie wdała się w ranę gangrena, nigdy nie zobaczyłbym dworu francuskiego, na który tak wyrzekałem, a który teraz, w chwili krytycznej, wydał mi się centrum prawdziwego świata, rajem utraconym, najpiękniejszym z moich snów. Nie ujrzałbym też już więcej wzgórz Szkocji...

Przez kilka dni sam aplikowałem sobie środki przeciw bólowi, te same, które dawałem Królowi na podagrę. Ze Lwowa przybył w końcu posłaniec, ale bez lekarza, jako że ten po drodze zabity został przez jedną z band tatarskich, których na tych ziemiach grasowało mnóstwo. Posłaniec zapewnił nas, że wkrótce dojedzie jakiś inny medyk. Przyniósł nam także wieści o ślubach, które Król, szczęśliwie do Lwowa dotarłszy, uroczyście złożył w lwowskiej katedrze, oddając Rzeczpospolitą pod opiekę Matce Boskiej, by chroniła kraj przed Szwedami, Moskalami, Chmielnickim i wszystkimi, którzy się na Polskę rzucili niby wilki na kulawą sarnę. Rozumiałem, iż Jego Wysokość ma kłopotów co niemiara, tym milej mi więc było, że wraz z posłańcem trafiła do nas od Króla przednia okowita, kilka butelek reńskiego, nakrycie futrzane i francuskie mydło — z tego ostatniego najbardziej byłem kontent.

Myślę, że świat jest zbudowany z kręgów wokół jednego miejsca. I że owo miejsce, zwane środkiem świata, zmienia się w czasie — onegdaj były nim Grecja, Rzym, Jerozolima, a teraz bezsprzecznie jest to Francja, a właściwie Paryż. I można by cyrklem te kręgi wokół niego nakreślić. Zasada jest prosta: im bliżej środka, tym bardziej wszystko wydaje się prawdziwe i namacalne, im dalej zaś, tym mocniej świat jakby się rozłazi, jak zetlałe płótno w wilgoci. I jeszcze — ten środek świata jest jakby nieco uniesiony, tak że idee, mody, wynalazki, wszystko spływa zeń na boki. Najpierw nasiąkają tym bliskie kręgi, potem kolejne, lecz już słabiej, a do miejsc najdalszych dociera tylko mała część treści. Zdałem sobie z tego sprawę, leżąc we dworze podkomorzego Hajdamowicza, gdzieś na bagnach, zapewne w ostatnim z możliwych kręgów, daleko od centrum świata, samotny jak wygnaniec Ovidius w Tomi. I roiło mi się w gorączce, że jak Dante swoją *Divina Commedia*, tak i ja mógłbym napisać wielką rzecz o kręgach, lecz nie w zaświatach, ale w świecie, o kręgach Europy, a każdy z nich z innym by się grzechem zmagał i innej był poddany karze. Byłaby to zaiste wielka komedia

25

ukrytych gier, łamanych sojuszy, komedia, w której role zmienia się w trakcie spektaklu i do końca nie jest jasne, qui pro quo. Opowieść o manii wielkości niektórych, o obojętności i samolubstwie innych, o odwadze i poświęceniu nielicznych, choć może i liczniejszych, niż się wydaje. Bohaterów działających na owej scenie Europą zwanej nie łączyłaby wcale religia, jak niektórzy by sobie życzyli — bo przecież religia raczej dzieli, czego trudno nie przyznać, mając na uwadze liczbę trupów z powodów religijnych, choćby w dzisiaj toczonych wojnach. Łączyłoby ich za to coś innego w owej komedii — bo finał musiałby być szczęśliwy i pomyślny — ufność w zdrowy rozsądek i rozum w tym wielkim dziele boskim. Bóg dał nam zmysły i rozum, by nimi świat badać i wiedzę swoją pomnażać. Tam Europa, gdzie działa rozum.

Takie rzeczy kłębiły mi się w głowie w chwilach jaśniejszych. Większość następnych dni spędziłem jednak w malignie, a kiedy lekarz lwowski wciąż się nie pojawiał, gospodarze moi za przyzwoleniem młodego Ryczywolskiego, który za moją opiekę wziął na siebie odpowiedzialność, posłali na bagna po jakąś kobietę. Zjawiła się wraz ze swoim pomocnikiem niemową i wlawszy we mnie uprzednio butelkę okowity, nogę mi nastawiła i złożyła kości w niej połamane. Wszystko to opowiadał mi potem z przejęciem mój młody towarzysz, bo ja sam nic nie pamiętałem.

Kiedym po zabiegu oprzytomniał, słońce stało już wysoko. Wkrótce nadeszła Wielkanoc. W Hajdamowiczach zjawił się ksiądz, by w kapliczce przy dworze odprawić świąteczną mszę, a przy tej okazji ochrzcił Zielone Dzieci, o czym mi mój przyjaciel doniósł podniecony, dodając, że we dworze gadali, jakoby to urok rzucony na mnie przez owe istoty do nieszczęścia doprowadził. W takie brednie nie wierzyłem i powtarzać ich zakazałem.

Któregoś wieczoru przyprowadził do mnie Ryczywolski ową dziewczynkę, była już czysta i schludnie ubrana, do tego całkiem spokojna. I nakazał jej, za moim przyzwoleniem, skołtunionymi strąkami natrzeć moją chorą nogę, tak jak to przedtem uczyniła Królowi. Syczałem, bo nawet ten dotyk włosów bolał, alem zdzierżył go dzielnie, aż powoli ból osłabł i obrzęk jakby się zmniejszył. I zrobiła tak jeszcze trzy razy.

Po kilku dniach, kiedy jak to z wiosną zrobiło się cieplej, spróbowałem wstać. Kule, które mi tu wystrugano, były bardzo wygodne, więc doszedłem do ganku i tam, stęskniony za światłem i świeżym powietrzem, spędziłem całe popołudnie. Przypatrywałem się krzątaninie w cokolwiek lichym gospodarstwie podkomorzego. Dwór był wprawdzie bogaty i duży, ale stajnie i stodoły wydawały się pochodzić jakby z dużo dalszego kręgu ucywilizowania. Zdałem sobie ze smutkiem sprawę, że utknąłem tutaj na dłuższy czas i że aby przetrwać to wygnanie, muszę sobie znaleźć jakieś zajęcie, bo tylko tak zdołam nie popaść w melancholię w tym wilgotnym, bagnistym kraju i zachować nadzieję, że dobry Bóg pozwoli mi wrócić kiedyś jeszcze do Francji.

Ryczywolski przyprowadzał mi owe dzikie dzieci, które Hajdamowicze przygarnęli, nie wiedząc, co z nimi zrobić w tej głuszy, i to w czasie wojny, a i spodziewając się, że może się o nie upomnieć Królewski Majestat. Dzieci trzymano pod kluczem na parterze lamusa, gdzie znajdowało się mnóstwo rzeczy niepotrzebnych i potrzebnych. Jako że jego ściany były zbite z desek, dzieci przez szpary między nimi wodziły za domownikami wzrokiem. Załatwiały się pod domem, kucając, jadły rękoma, bardzo łakomie, mięsa jednak znać nie chciały i pluły nim. Nie znały też łóżek ani miski z wodą. Przestraszone, rzucały się na ziemię i chodząc na czworaka, próbowały gryźć, a skarcone, kuliły się w sobie i nieruchomiały na dłuższy czas. Ze sobą porozumiewały się chrapliwymi dźwiękami, a gdy tylko zaświeciło słońce, zrzucały z siebie odzienie i wystawiały się na słoneczne ciepło.

Młody Ryczywolski uznał, że te dzieci będą dla mnie rozrywką i zatrudnieniem, bo jako uczony zechcę je badać i opisywać, a to pomoże mi nie myśleć w koło o złamanej nodze.

I miał rację. Zdawało mi się, że te małe dziwadła odczuwały coś w rodzaju skruchy, widząc moją zabandażowaną wskutek ugryzienia rękę i nogę unieruchomioną w łupkach. Dziewczynka z czasem nabrała do mnie zaufania i pozwoliła mi się kiedyś dokładniej zbadać. Siedzieliśmy w słońcu przed rozgrzanymi drewnianymi ścianami lamusa. Przyroda ożyła; wszechobecny zapach wilgoci zelżał. Delikatnie skierowałem twarz dziewczynki do światła i wziąłem w dłonie kilka postronków z jej włosów — wydawały się ciepłe, jakby z wełny uczynione, a powąchawszy je, stwierdziłem, że pachną mchem; wyglądało, jakby wrosły w nie jakieś porosty. Jej skóra oglądana z bliska pełna była malutkich ciemnozielonych kropeczek, które nim jej się przyjrzałem, brałem za brud. Bardzo nas to z Ryczywolskim zdziwiło — uznaliśmy, że ma ona w sobie coś roślinnego. Podejrzewaliśmy, iż ona dlatego tak się rozbiera i wystawia do słońca, ponieważ jak każda roślina potrzebuje światła słonecznego, którym karmi się przez skórę, a poza tym nie musi jeść wiele więcej, wystarczają jej chlebowe okruchy. Nazwano ją już zresztą Ośródka — imię trudne dla mnie do wymówienia, ale ładnie brzmiące. Znaczyło miękki środek chleba, więc i kogoś, kto taki środek wyjada z kromki, skórkę zostawiając niezjedzoną.

Ryczywolski, coraz bardziej zafascynowany Zielonymi Dziećmi, powiedział mi, że słyszał, jak dziewczynka śpiewa. Co prawda, jak wynikało z jego relacji, przypominało to bardziej mruczenie, znaczyło jednak, że gardła mają normalne, a brak

29

mowy to już była kwestia innej natury. Stwierdziłem jeszcze, że w budowie ciała niczym się nie różnią od zwyczajnych dzieci.

— A możeśmy to jakie elfy polskie złapali? — zażartowałem raz. Żachnął się młody Ryczywolski, że go biorę za dzikusa; on w takie rzeczy nie wierzy.

Mieszkańcy dworu mieli różne zdania, jak postępować z *plica polonica*, czyli kołtunem. A ten jeszcze był zielony! Uważano powszechnie, że kołtun to objaw wewnętrznej choroby, którą ten twór wyciąga na zewnątrz. Gdyby go ściąć, utrzymywali, choroba wróciłaby do ciała i zabiła właściciela. Inni z kolei, w tym sam podkomorzy Hajdamowicz — jako że uważał się za człowieka światowego — twierdzili, że należy go ściąć, jest bowiem mieszkaniem wszy i innego robactwa.

Podkomorzy kazał nawet przynieść nożyce do strzyżenia owiec i obciąć dzieciom ich zielonkawe strąki. Chłopczyk przerażony chował się za siostrą (przypuszczałem, że to była jego siostra), lecz dziewczynka wydawała się śmiała, a nawet butna — wystąpiła do przodu, wlepiła w podkomorzego wzrok i nie odwróciła go, aż się Hajdamowicz nie zmieszał. Jednocześnie z jej gardła wydobywało się warczenie, niczym u dzikiego zwierza, a jej wargi rozchyliły się, odsłaniając czubki zębów. Była w jej wzroku jakaś nieprzystawalność, jakby ona nie znała naszych porządków i patrzyła na nas tak, jak patrzą zwierzęta — trochę na wskroś. Z drugiej strony była w tym też pewność siebie niespodziewana, dorosła, tak że przez moment ujrzałem w niej nie dziecko, lecz skarlałą staruchę. Wszystkim nam przeszły ciarki po plecach, a podkomorzy kazał ostatecznie odstąpić od strzyżenia.

Niestety, jakiś czas po ich chrzcie w drewnianym kościółku, podobnym do kurnika, zdarzyło się, że chłopczyk w nocy zachorował i ku wielkiemu zaskoczeniu i przerażeniu nagle umarł, co cała służba wzięła za oznakę jego diabelskości — kogóż jak nie czarta mogła zabić woda święcona! A że nie od razu? — cóż, złe walczyło o swoje... Summa summarum uznano, że w sprawę Zielonych Dzieci wdały się siły wyższe.

Właśnie tego dnia bagna wokół dworu rozgadały się dziwnymi dźwiękami ni to ptactwa, ni to żab — niczym orkiestra żałobna. Drobne ciało dziecka umyto, ubrano i położono na marach. Wokół ustawiono gromnice. Pozwolono mi, jako lekarzowi, przy okazji tych zabiegów zbadać raz jeszcze ciało i serce mi się ścisnęło przez chwilę na widok takiego szkraba. Dopiero wtedy, widząc go nagiego, ujrzałem w nim dziecko, a nie jakieś dziwo, i pomyślałem też, że jak każde żywe stworzenie, i to dziecko musi mieć matkę i ojca — i gdzież oni teraz są? Czy tęsknią? Czy się niepokoją?

Opanowawszy szybko te afekty niegodne uczonego medyka, po dokładnym obejrzeniu uznałem, że widocznie dziecku zaszkodziły zbyt wczesne

31

kąpiele w lodowatej wodzie strumyka i od tego przyszła nań śmierć. Stwierdziłem też, że nie ma w nim nic dziwnego oprócz koloru skóry, który przypisałem długiemu przebywaniu w lesie i wśród sił natury. Widocznie skóra upodobniła się do otoczenia, tak jak skrzydła niektórych ptaków stają się podobne do kory drzew, a pasikoniki do trawy. Natura jest pełna takich korespondencji. Tak też została stworzona, żeby na każdą dolegliwość istniał naturalny lek. Pisał o tym mistrz, na którym się wzoruję, wielki Paracelsus, i teraz ja to samo powtarzałem młodemu Ryczywolskiemu.

Już pierwszej nocy po śmierci chłopca ciało zniknęło. Okazało się, że czuwające przy nim kobiety, oszołomione dymem z kadzidła, po północy odeszły i położyły się spać, a kiedy wstały o świcie, po zwłokach nie było śladu. Pobudzono nas, pozapalano w całym dworze światła, przerażenie i zgroza padły na wszystkich. Służba zaraz rozniosła wieść, że mały zielony czort dzięki magicznym mocom udawał śmierć, a gdy nikogo nie było przy marach, ożył i powrócił do swoich w lesie. Inni dorzucali, że może się zemścić za niewolę, dlatego zaczęto ryglować drzwi — zapanował wielki niepokój, jakby groził nam najazd tatarski. Zamknęliśmy na cztery spusty Ośródkę, dziwnie obojętną, w podartym ubraniu, brudną, co rzucało na nią pewne podejrzenia. Przebadaliśmy z młodym Ryczywolskim starannie wszelkie ślady: w samej izbie było tylko kilka smug na podłodze, jakby ciągnięto ciało, na zewnątrz z kolei panika zrobiła swoje i niczego już nie dało się rozpoznać — wszystko było zadeptane. Pogrzeb odwołano, mary sprzątnięto, a gromnice schowano do kufrów, gdzie miały czekać na następną okazję. Oby nie nadeszła prędko! Przez kilka dni, jako się rzekło, żyliśmy we dworze niczym w oblężeniu, lecz tym razem to nie za przyczyną Turka czy Moskala strach nas oblatywał — był to jakiś dziwny lęk, liściasto-zielonkawy, cuchnący błotem i porostami. Lęk lepki, bezsłowny, który mieszał nam myśli i kierował je ku paprociom, ku bezdennemu bagnu. Owady zdawały się nas obserwować, a tajemnicze dźwięki z lasu braliśmy za nawoływania i lamenty. I wszyscy, służba i państwo, zebrali się w głównej izbie zwanej tutaj „świetlicą", gdzie bez apetytu zjedliśmy skromną wieczerzę i piliśmy okowitę, lecz nie by się radować, a ze strachu i zmartwienia.

Wiosna z coraz większą siłą dobywała się z okolicznych lasów i rozlewała na bagna, tak że wkrótce zabarwiły się one od kwiatów na grubych łodygach, lilii wodnych o niespotykanych kształtach i kolorach oraz od wielkoliściennych pływających roślin, których nazwy nie znałem, co przynosiło mi wstyd jako botanikowi. Młody Ryczywolski robił, co mógł, żeby dostarczyć mi rozrywki, ale cóż dało się wymyślić w tych okolicznościach? Nie mieliśmy tutaj książek, a niewielki zapas papieru i atramentu pozwalał mi zaledwie na szkicowanie roślin. Coraz częściej mój wzrok wędrował ku owej dziewczynce, Ośródce, która teraz, gdy została bez brata, zaczęła do nas lgnąć. Przywiązała się szczególnie do młodego Ryczywolskiego, chodziła za nim i zacząłem nawet podejrzewać, że źle oceniłem jej wiek. Próbowałem więc wypatrzyć u niej jakieś oznaki wczesnej kobiecości, ale ciało miała dziecinne, chude, bez żadnych krągłości. Choć Hajdamowiczowie dali jej ładny strój i buciki, ona jednak ostrożnie je zdejmowała, jak tylko wyszła poza dom, i układała starannie pod ścianą. Wkrótce zaczęliśmy uczyć Ośródkę mówić i pisać. Rysowałem jej zwierzęta i pokazywałem, z nadzieją, że wyda z siebie głos. Patrzyła uważnie, ale miałem wrażenie, że jej wzrok zsuwa się z powierzchni karty, nie dotykając treści. Kiedy brała węgielek do ręki, umiała narysować nim na papierze kółeczko, ale szybko się tym nudziła.

Muszę tu napisać kilka słów o młodym Ryczywolskim. Miał na imię Feliks i imię owo dobrze go określało, jako że był to człowiek szczęśliwy w każdych okolicznościach, zawsze w dobrym humorze, pełen dobrych chęci, pomimo wszystkiego, co go spotkało. A spotkało go to, że całą rodzinę Moskale mu w pień wyrżnęli, ojcu brzuch prując, siostry zaś i matkę gwałcąc okrutnie. Jak on się uchował z tego w zdrowiu ducha, nie rozumiałem, bo nigdy ani łzy nie uronił, ani nie poddawał się żadnej melancholii. Nauczył się ode mnie bardzo już wiele, nie darmo więc poszły starania Jego Wysokości, żeby go przy dobrym — jeśli wypada tak o sobie mówić — nauczycielu umieścić. Miałby ten człowiek, drobnej, lekkiej postury, zwinny, jasny, niebieskooki, szansę na wielką karierę, gdyby nie przyszłe wydarzenia, które tu zaraz opiszę. Tymczasem jednak ów młody Ryczywolski, bardziej jeszcze niż ja — niezdolny chodzić dalej niż na podwórko, ociężały od polskiej kuchni — interesował się fenomenem *plica polonica*, który tutaj, w Hajdamowiczach zrósł się w jedno z Ośródką.

Latem, w lipcowe upały dowiedzieliśmy się z listów, że Warszawa została odbita z rąk szwedzkich i już myślałem, że wszystko wróci do dawnych porządków, a ja na tyle wydobrzeję, iż będę mógł do Jego Królewskiej Mości dołączyć i zająć się jego podagrą. Na razie o nadwyrężone zdrowie Jego Wysokości czynił starania inny lekarz, co napawało mnie niepokojem. Metoda kuracji merkurialnej, którą chciałem Królowi zaaplikować, była mało jeszcze znana. Sztuka i praktyka lekarska w Polsce są niedokładne, doktorzy nie wiedzą o tym, co w nowszych czasach odkryto w anatomii i nauce aptekarskiej, polegają na starych jakichś sposobach, bliższych ludowej mądrości niż rezultatom wnikliwych badań. Lecz byłbym nieuczciwy, gdybym zataił swoje przekonanie, iż nawet na najwspanialszym dworze Ludwika mało który medyk nie jest de facto szarlatanem, powołującym się na odkrycia i badania wyssane z palca.

Niestety moja noga nie zrastała się dobrze i wciąż nie mogłem na niej stanąć. Przychodziła do mnie owa babka — szeptucha, jak ją tu nazywali — i nacierała mi zwiotczałe mięśnie jakimś cuchnącym, brązowym płynem. W tym czasie doszła nas smutna wiadomość, że Szwedzi znowu Warszawę zdobyli i grabią ją niemiłosiernie. Myślałem więc o mojej fortunie, o tym, że nie bez powodu przyszło mi dochodzić do zdrowia tutaj, na tych bagnach, i że Bóg przeznaczył mi to wszystko, aby bezpiecznego ukryć mnie przed przemocą, wojną i ludzkim szaleństwem.

Tymczasem jakieś dwa tygodnie po świętym Krzysztofie, który to dzień tutaj na bagnach uroczyście obchodzono — co jest zrozumiałe, jako że ów święty przeniósł małego Jezusa przez wodę na suchy ląd — usłyszeliśmy po raz pierwszy głos Ośródki. Najpierw odezwała się do młodego Ryczywolskiego, a gdy ten, zdumiony, zapytał ją, dlaczego do tej pory nie mówiła, odparła, że nikt jej o nic nie pytał, co poniekąd było prawdą, bośmy założyli, iż ona mówić nie potrafi. Bardzo żałowałem mojej słabej znajomości polskiego, bo bym ją zaraz o różne rzeczy wypytał, lecz i Ryczywolski miał kłopot ze zrozumieniem jej, mówiła bowiem jakąś tutejszą gwarą rusińską... Wypowiadała pojedyncze słowa albo krótkie zdania i zawieszała na nas wzrok, jakby badała ich moc albo domagała się od nas potwierdzenia. Miała głos, który do niej nie pasował — niski, jakby męski; nie był to w żadnym razie głos małej dziewczynki. Kiedy, wskazując rzecz palcem, mówiła „drzewo", „niebo", „woda", robiło mi się bardzo nieswojo, bo brzmiało to jakby słowa oznaczające owe proste elementa płynęły gdzieś z zaświatów.

Lato było w pełni, więc bagna przeschły, lecz nikt się z tego zbytnio nie cieszył, stawały się one bowiem teraz przejezdne dla wszystkich, przez co Hajdamowicze narażone były na ciągłe ataki rozzuchwalonych nieustanną wojną hultajów i bandytów — w taki czas trudno było dociec, kto z kim trzyma i po której stronie stoi. Raz napadli nas Moskale; Hajdamowicz musiał się z nimi układać i okup dać. Innym razem odparliśmy atak bandy wojskowych maruderów. Młody Ryczywolski chwycił za broń i ustrzelił kilku, co mu za wielkie bohaterstwo poczytano.

Wyczekiwałem w każdym przybyszu królewskiego posłańca, chcąc, aby mnie Jego Wysokość zabrał do siebie, ale nic się w tej materii nie działo, jako że wojna trwała i Król za wojskami dzielnie podążał, zapomniawszy zapewne o swoim cudzoziemskim lekarzu. Roiłem, że i bez wezwania ruszę w drogę, co z tego, kiedym sam konia nie mógł dosiąść. Pogrążony w tych smutnych myślach, patrzyłem tymczasem ze swojej ławeczki, jak wokół Ośródki z dnia na dzień w coraz większej liczbie zbierały się młodziutkie posługaczki z dworu, dzieci chłopskie, a czasem i panicz, i panienki Hajdamowiczów — i wszyscy słuchali jej gadania.

— O czymże oni tak tam radzą? Co mówią? — dopytywałem Ryczywolskiego, który najpierw podsłuchiwał, a potem już jawnie dosiadał się do tej dziwnej grupy. Relacjonował mi potem wszystko, gdy mnie układał do snu i swymi drobnymi dłońmi wcierał mi w gojące się blizny cuchnącą maść od szeptuchy, który to medykament okazał się wielce pomocny.

— Ona opowiada, że w lesie, daleko za bagnami, jest kraina, gdzie księżyc świeci równym blaskiem ze słońcem ciemniejszym niż nasze. — Jego palce delikatnie gładziły moją biedną skórę, żeby potem pougniatać trochę moje udo i sprawić, by lepiej płynęła w nim krew. — W krainie tej ludzie żyją na drzewach, a śpią w dziuplach. W ciągu księżycowego dnia wędrują na same szczyty drzew i tam wystawiają nagie ciała do księżyca, od czego ich skóra robi się zielona. Dzięki temu światłu nie muszą wiele jeść i wystarczają im leśne jagody, grzyby i orzechy. A jako że nie trzeba tam ziemi uprawiać ani siedzib budować, praca wszelka wykonywana jest dla przyjemności. Nie ma tam żadnych władców ani panów, nie ma chłopów ani księży. Gdy mają coś przedsięwziąć, zbierają się na jednym drzewie i radzą, a potem robią to, co uradzili. Jak się od tego kto uchyli, to dają mu spokój i zostawiają go; i tak wróci. Kiedy się kto z kim polubi, to z nim zostaje na jakiś czas, a gdy mu uczucie przejdzie, odchodzi do kogoś innego. Z tego się biorą dzieci. A gdy już się takie dziecko pojawi, za rodziców ma wszystkich i wszyscy chętnie się takim dzieckiem zajmują. Czasem, gdy wejdą na najwyższe drzewo, majaczy im w oddali nasz świat, widzą dymy spalonych wsi i czują swąd spalonych ciał. Wtedy szybko zmykają pod liście, nie chcą bowiem paskudzić sobie oczu takimi widokami ani psuć nosa takimi zapachami. Jaskrawość naszego świata ich brzydzi i odrzuca. Mają to za pewien miraż, jako że nigdy żadni Tatarzy ani Moskale do nich nie dotarli. Myślą, że jesteśmy nierealni, że jesteśmy złym snem.

Kiedyś Ryczywolski zapytał Ośródkę, czy wierzą w Boga.

— A co to jest Bóg? — odpowiedziała pytaniem.

Dziwne się to wszystkim wydało, ale zdaje się także i pociągające, takie życie bez świadomości istnienia Boga — mogło być prostsze i nie trzeba by było stawiać sobie tych dręczących pytań: Dlaczegóż to Bóg pozwala na tak wielkie cierpienie całego stworzenia, skoro jest dobry, miłościwy i wszechmogący?

Kazałem raz zapytać, jak ten zielony lud spędza zimę. Jeszcze tego samego wieczoru Ryczywolski przyniósł mi odpowiedź i miętosząc moje biedne udo, opowiadał, że oni w ogóle zimy nie zauważają, bo gdy tylko pierwsze chłody przychodzą, zbierają się w największej dziupli największego drzewa i tam, tuląc się do siebie jak myszy, zapadają w sen. Powoli pokrywa ich gęsty mech, który chroni przed zimnem, do tego wielkie grzyby zarastają wejście do dziupli, tak iż z zewnątrz stają się niewidoczni. Ich sny mają taką właściwość, że są wspólne, to znaczy, gdy ktoś coś śni, to drugi to jakby „widzi" w swojej głowie. W ten sposób im się nigdy nie nudzi. Przez zimę bardzo chudną, dlatego gdy wschodzi pierwszy ciepły wiosenny księżyc, wszyscy wychodzą na czubki drzew i tam przez całe księżycowe dnie wystawiają na jego promienie blade ciała, aż się zdrowo zazielenią. Mają oni też swój sposób porozumiewania się ze zwierzętami, a ponieważ nie jedzą mięsa ani też nie polują, zwierzęta przyjaźnią się z nimi i pomagają im. Podobno nawet opowiadają im swoje zwierzęce historie, dzięki czemu ludzie ci stają się mądrzejsi i lepiej znają naturę.

Wszystko to wydało mi się ludowym bajaniem, zastanawiałem się nawet, czy rzeczy tych nie zmyśla sam Ryczywolski, więc pewnego dnia z pomocą służącego zakradłem się, żeby posłuchać Ośródki. Musiałem przyznać, że dziewczynka mówiła całkiem płynnie i śmiało, a wszyscy jej w milczeniu słuchali, tego, czy Ryczywolski nie wzbogacał jakoś jej opowieści, stwierdzić jednak nie potrafiłem. Jednego razu kazałem zapytać ją o śmierć. Ryczywolski taką przyniósł mi odpowiedź:

— Oni uważają się za owoce. Człowiek jest owocem, mówią, i zjedzą go zwierzęta. Dlatego swoich zmarłych przywiązują do gałęzi drzew i czekają, aż ciało pożrą ptaki i zwierzyna leśna.

W połowie sierpnia, gdy bagna jeszcze bardziej przeschły, a drogi nabrały twardości, zjawił się wreszcie w Hajdamowiczach tak długo przeze mnie oczekiwany posłaniec od Króla. Przybył z wygodnym powozem, kilkoma zbrojnymi oraz listami i darami dla mnie: były tam nowa odzież i dobre trunki. Tak mnie wzruszyła ta hojność królewska, żem się rozpłakał. Radość moja była wielka, bo za dni kilka mieliśmy wyruszyć z powrotem do świata. Utykając i podskakując, raz po raz obcałowywałem Ryczywolskiego, dość mając tego dworu między lasami i bagnami schowanego, tego gnijącego listowia, tych much, pająków, robaków, żab, chrabąszczy wszelkiej maści, wszechobecnej wilgoci, zapachu mułu, gęstej otumaniającej woni zieleni. Już mnie to wszystko mierziło. Dziełko o *plica polonica* właściwie napisałem i mniemałem, żem silnie poderwał mu kredyt. Opisałem też kilka roślin tutejszych. Cóż tu więcej po mnie?

Młody Ryczywolski wszakże nie był tak jak ja zadowolony z rychłego dnia odjazdu. Zachowywał się niespokojnie, znikał gdzieś, a wieczorami informował mnie tylko, że idzie pod lipę gadać, twierdząc przy tym, że robi własne badania. Powinienem był się czegoś domyślać, ale tak byłem oszołomiony bliskim wyjazdem, żem się niczego nie spodziewał.

Pełnia przypadała na pierwsze dni września, a ja zawsze źle sypiam w czasie pełni. Księżyc wznosił się nad lasami i bagnami tak wielki, iż mógł budzić przerażenie. Była to jedna z ostatnich nocy przed wyjazdem — choć wcześniej cały dzień pakowałem swoje zielniki i czułem się zmęczony, to nie mogłem zasnąć i przewracałem się z boku na bok. Zdawało mi się, że gdzieś w domu słychać było jakieś szepty, tupot drobnych stóp, szuranie, ostrzegawcze trzeszczenie zawiasów w drzwiach. Sądziłem, że to jakoweś omamy, ale rankiem okazało się, że nie. Oto wszystkie dzieci i cała młodzież zniknęli z dworu bez śladu, w tym dzieci podkomorzego, cztery dziewczynki i chłopiec — razem było ich trzydzieścioro czworo, całe potomstwo tej osady; zostały tylko niemowlęta przy piersiach matek... Zniknął też mój piękny młody Ryczywolski, któregom już widział przy mnie na francuskim dworze.

Dzień to był sądny w Hajdamowiczach, lament kobiecy wznosił się ku niebu. Szybko zarzucono myśl, że to sprawka Tatarów, którzy, jak wiadomo, dzieci biorą w jasyr — za cicho się to wszystko odbyło. Zaczęto przypuszczać, że działała jakaś siła nieczysta. Mężczyźni, naostrzywszy, co kto miał:

kosy, sierpy, miecze, żegnając się po wielokroć, ruszyli w południe zwartym oddziałem na poszukiwanie zaginionych. Nic jednak nie znaleźli. Pod wieczór parobcy odkryli w lesie niedaleko dworu ciało dziecięce wysoko na drzewie umieszczone, z czego straszny krzyk się podniósł, wszyscy bowiem rozpoznali po gieźle, iż był to ów Zielony Chłopiec, który zmarł wiosną. Teraz niewiele już z niego zostało, jako że swoje zrobiły ptaki.

Zniknęło z osady wszystko, co świeże i młode — i przyszłość zniknęła. Las stał murem wokół Hajdamowicz, jakby był wojskiem najpotężniejszego królestwa na całej ziemi i jakby teraz właśnie jego heroldowie ogłaszali odwrót. Dokąd? W ostatni, nieskończonej wielkości krąg świata, poza cień liścia, poza plamę światła, w wieczny cień.

Czekałem na powrót młodego Ryczywolskiego jeszcze trzy dni, aż mu w końcu zostawiłem pismo: „Gdybyś wrócił, gdziekolwiek będę, przyjedź do mnie". Po owych trzech dniach zrozumieliśmy wszyscy w Hajdamowiczach, że młodzi już się nie odnajdą, że odeszli do księżycowego świata. Płakałem, gdy królewski powóz ruszał, lecz nie za sprawą wciąż dokuczającej nogi, tylko wskutek jakiegoś dogłębnego poruszenia. Opuszczałem oto ostatni krąg świata, jego obmierzłe wilgotne rubieże, jego niezapisany nigdzie ból, jego rozmyte niepewne horyzonty, za którymi już jest tylko Wielkie Nic.

I znowu zmierzałem do centrum, tam gdzie od razu wszystko nabiera sensu i układa się w spójną całość. I spisuję teraz to, com na rubieżach zobaczył, uczciwie, tak jak było, niczego nie dodając, niczego nie ujmując; i liczę, że Czytelnik pomoże mi pojąć, co się tam wtedy wydarzyło i co mnie zrozumieć trudno, jako że peryferia świata naznaczają nas na zawsze tajemniczą niemocą.

Przetwory

Gdy umarła, wyprawił jej godziwy pogrzeb. Przyszły jej wszystkie przyjaciółki, pokraczne starsze panie w beretach, w pachnących naftaliną szubach z kołnierzami z nutrii, z których wystawały ich głowy, niczym wielkie blade guzy. Zaczęły taktownie pochlipywać, gdy trumna na mokrych od deszczu linach zjechała na dół, a potem zbite w grupki pod kopułkami składanych parasolek w najbardziej nieprawdopodobne wzorki ruszyły w kierunku autobusowych przystanków.

Jeszcze tego samego wieczora otworzył barek, gdzie trzymała swoje dokumenty, i szukał tam... sam nie wiedział czego. Pieniędzy. Akcji. Obligacji. Jednej z tych polis na spokojną starość, które reklamuje się zawsze w telewizji jesiennymi scenami pełnymi opadających liści.

Znalazł tylko stare książeczki oszczędnościowe z lat sześćdziesiątych i siedemdziesiątych oraz legitymację partyjną ojca, który zmarł szczęśliwie w osiemdziesiątym pierwszym roku w całkowitym przekonaniu, że komunizm jest porządkiem metafizycznym i wiecznym. Leżały tam także jego rysunki z przedszkola ułożone starannie w tekturowej teczce z gumką. To go wzruszyło. Że trzymała jego rysunki, nigdy by nie pomyślał. Były tam też jej zeszyty wypełnione przepisami na pikle, marynaty i konfitury. Każdy zaczynał się na osobnej stronie, a jego nazwę zdobiły nieśmiałe zawijasy — kuchenny wyraz potrzeby piękna. „Pikle z gorczycą". „Dynia marynowana à la Diana". „Sałatka awiniońska". „Borowik po kreolsku". Czasem pojawiały się drobne ekstrawagancje: „Galaretka ze skórek jabłkowych" na przykład albo „Tatarak w cukrze".

To nasunęło mu myśl, żeby zejść do piwnicy. Nie był tam od lat. Ale ona, jego matka, chętnie tam przebywała, czemu jakoś nigdy się nie dziwił. Gdy uważała, że za głośno ogląda mecz, gdy na nic się zdawały jej coraz mizerniejsze utyskiwania, słyszał brzęk kluczy, a potem trzaśnięcie drzwi i znikała na dłuższy, błogosławiony czas. Wtedy już bez żadnych przeszkód mógł oddawać się swemu ulubionemu zajęciu: opróżnianiu kolejnych puszek piwa i śledzeniu dwóch grup mężczyzn przebranych w kolorowe koszulki i przemieszczających się w pogoni za piłką z jednej połowy boiska na drugą.

Piwnica wyglądała niezwykle schludnie. Leżał tu mały wytarty dywanik — och, pamiętał go jeszcze z dzieciństwa — i stał obity pluszem fotel; na nim dostrzegł porządnie złożony udziergany na drutach pled. Były tu też stojąca lampa z blatem i kilka zaczytanych na amen książek. Jednak to, co robiło piekielne wrażenie, to półki pełne pobłyskujących słoików z przetworami. Każdy z nich zaopatrzony był w samoprzylepną etykietę, powtarzały się na nich, jak zauważył, nazwy z zeszytów z przepisami: „Korniszony w zalewie pani Stasi, 1999", „Papryka na zakąskę, 2003", „Smalec pani Zosi". Niektóre z tych nazw brzmiały tajemniczo, na przykład „Fasolka szparagowa apertyzowana" — za nic nie mógł sobie przypomnieć, co to znaczy „apertyzować". Widok ściśniętych w słoju bladych grzybów, wielokolorowych warzyw czy krwistych papryczek budził w nim chęć do życia. Pobieżnie przeszukał półki, ale nie znalazł ukrytych za słoikami papierów wartościowych ani pieniędzy. Wyglądało na to, że nic mu nie zostawiła.

Rozszerzył swoją przestrzeń życiową na jej pokój — rzucał tu teraz brudne łachy i gromadził kartony z piwem. Od czasu do czasu przynosił sobie z dołu pudło przetworów, otwierał po kolei słoiki jednym ruchem dłoni i widelcem wygrzebywał ze środka, co tam było. Piwo i orzeszki czy paluszki słone w połączeniu z marynowaną papryką albo maleńkimi, delikatnymi jak niemowlęta korniszonami smakowały znakomicie. Siedział przed telewizorem, kontemplując swoją nową życiową sytuację, świeżo uzyskaną wolność. Zdawało mu się, jakby właśnie zdał maturę i wszystko stało przed nim otworem; jakby się zaczynało nowe, lepsze życie. A miał już przecież swoje lata, w zeszłym roku przekroczył pięćdziesiątkę, czuł się jednak młodo, właśnie jak maturzysta.

Choć pieniądze z ostatniej renty zmarłej matki powoli się kończyły, uznał, że ma jeszcze czas na podjęcie właściwych decyzji. Zje powoli to, co mu zostawiła w spadku. Będzie kupował najwyżej chleb i masło. I oczywiście piwo. Potem może rzeczywiście rozejrzy się za jakąś pracą, o to wierciła mu dziurę w brzuchu przez ostatnie dwadzieścia parę lat. Może pójdzie do pośredniaka — na pewno znajdzie się coś dla pięćdziesięcioletniego maturzysty, takiego jak on. Może nawet ubierze się w jasny garnitur, porządnie przez nią wyprasowany i powieszony w szafie w komplecie z niebieską koszulą, i ruszy na miasto. Jeżeli tylko nie będzie w telewizji żadnego meczu.

Był wolny. Ale brakowało mu trochę szurania kapci matki, przyzwyczaił się do tego monotonnego dźwięku, do którego dołączał się zwykle jej cichy głos: „Dałbyś już spokój tej telewizji, poszedłbyś gdzieś do ludzi, poznał jakąś dziewczynę. Czy masz zamiar spędzić tak resztę życia? Znalazłbyś sobie własne mieszkanie, tu jest za ciasno na dwie osoby. Ludzie się żenią, mają dzieci, wyjeżdżają na wakacje pod namiot, umawiają się na grilla. A ty co? Nie wstyd ci, że utrzymuje cię stara, schorowana kobieta? Najpierw twój ojciec, a teraz ty, wszystko wam trzeba wyprać, wyprasować, zakupy przynieść do domu. Ten telewizor mi przeszkadza, nie mogę spać, a ty siedzisz przy nim do rana. Co ty tam oglądasz przez całe noce, jak ci się to nie nudzi?". Tak smęciła całymi godzinami, więc kupił sobie słuchawki. To było jakieś rozwiązanie, ona nie słyszała telewizji, a on jej.

Teraz jednak było jakoś za cicho. Jej wymuskany kiedyś pokój pełen serwetek i serwantek zaczął wypełniać się stosami pustych opakowań, słoików, brudnych ubrań, a potem także dziwnym zapachem — zbutwiałych prześcieradeł, tynku dotkniętego językami grzyba, zamkniętej przestrzeni, która nieporuszana żadnym przewiewem zaczyna się psuć i fermentować. Kiedyś, gdy szukał czystych ręczników, znalazł na dnie szafy kolejną baterię przetworów; stały w ukryciu, pod stosami pościeli, wtulone w motki wełny — partyzanci, piąta słoikowa kolumna. Przejrzał je uważnie, od tamtych z piwnicy różniły się wiekiem. Napisy na etykietach były nieco wyblakłe, powtarzały się rok 1991 i 1992, ale zdarzały się też pojedyncze egzemplarze jeszcze starsze — na przykład z 1983 roku, i jeden z 1978. To on okazał się główną przyczyną nieprzyjemnego zapachu. Metalowa zakrętka zardzewiała i wpuściła do środka powietrze, obdarzając w zamian pomieszczenie wonią rozkładu. Cokolwiek znajdowało się kiedyś w słoju, teraz zamieniło się w brunatny kłąb. Wyrzucił całość ze wstrętem. Na etykietach powtarzały się podobne napisy, ot choćby „Dynia w przecierze porzeczkowym" albo „Porzeczki w przecierze dyniowym". Były tu też zupełnie osiwiałe korniszony. Zawartości wielu innych słoików nikt nie potrafiłby już rozpoznać, gdyby nie grzeczny i usłużny napis. Marynowane grzyby stały się nieprzeniknioną mroczną galaretą, dżemy — czarnym skrzepem, a paszety zbiły się w małą zasuszoną piąstkę. Następne przetwory znalazł w szafce na buty i w schowku pod wanną. Kryły się też w nocnej szafce przy jej łóżku. Zdumiała go ta kolekcja. Czy chowała przed nim jedzenie, czy robiła te zapasy dla siebie, sądząc, że kiedyś jej syn się wyprowadzi? A może zostawiła je właśnie jemu, zakładając, że odejdzie pierwsza — matki zgodnie z porządkiem natury żyją przecież krócej niż synowie... Może chciała mu tymi wekami zabezpieczyć przyszłość? Oglądał kolejne przetwory z mieszaniną wzruszenia i wstrętu. I oto natknął się na jeden (w kuchni pod zlewem) z napisem „Sznurówki w occie, 2004" — to powinno go było zaniepokoić. Patrzył na zwinięte w kłębek, pływające w zalewie brązowe sznureczki i czarne kulki ziela angielskiego pomiędzy nimi. Poczuł się nieswojo, tylko tyle.

Przypominał sobie, jak czatowała na niego, gdy ściągał z uszu słuchawki i szedł do łazienki; wtedy pospiesznie wysuwała się z kuchni i stawała mu na drodze. „Wszystkie pisklęta opuszczają gniazda, taki jest porządek rzeczy, rodzicom należy się odpoczynek. W całej przyrodzie obowiązuje to prawo. Więc dlaczego mnie męczysz, powinieneś się już dawno wyprowadzić i ułożyć sobie życie", jęczała. Potem, gdy próbował ją delikatnie wyminąć, chwytała go za rękaw, jej głos robił się wyższy i jeszcze bardziej piskliwy: „Należy mi się spokojna starość. Zostaw mnie wreszcie w spokoju, chcę odpocząć". On jednak był już w łazience, przekręcał kluczyk i oddawał się swoim myślom. Próbowała go jeszcze przechwycić, gdy wracał, ale z wyraźnie mniejszym przekonaniem. Potem rozpływała się niezauważalnie w swoim pokoju i tam ślad po niej ginął aż do następnego ranka, kiedy to specjalnie tłukła się garnkami, żeby nie mógł spać.

Ale przecież wiadomo, że matki kochają własne dzieci; po to są matki — żeby kochać i wybaczać.

Wcale się więc nie przejął tymi sznurówkami, a potem — gąbką w sosie pomidorowym, którą znalazł w piwnicy... Była zresztą lojalnie podpisana „Gąbka w sosie pomidorowym, 2001". Otworzył, by sprawdzić, czy napis się zgadza z zawartością, i wyrzucił całość do kosza. Tych dziwactw nie traktował jako obliczonych na przyszłość złośliwości pod swoim adresem. Przecież znajdował i prawdziwe rarytasy. Jednym z ostatnich słoików na górnej półce w piwnicy była przepyszna golonka. Wciąż też ślinka mu ciekła na myśl o ostro przyprawionych buraczkach, które odkrył za zasłoną w pokoju. W dwa dni wtrząchnął kilka weków. A na deser wybierał palcem wprost ze słoiczka konfiturę z pigwy.

Na mecz Polska–Anglia przytargał z piwnicy całe pudło przetworów. Obstawił je baterią piwa. Sięgał do pudła na chybił trafił i pałaszował, ledwie patrząc, co je. Jeden słoik zwrócił jego uwagę, bo matka zrobiła na etykiecie śmieszny błąd: „Grzypki marynowane, 2005". Wyciągał widelcem białe delikatne kapelusze, wkładał do ust, a one jak żywe ześlizgiwały mu się przez gardło do żołądka. Padł gol, potem następny, a on nawet nie zauważył, kiedy zjadł wszystkie.

W nocy musiał iść do łazienki, gdzie zawisł nad muszlą wstrząsany odruchem wymiotnym. Wydawało mu się, że ona tam stoi i mękoli tym swoim nieznośnym piskliwym głosem, lecz przytomnie przypomniał sobie, że przecież umarła. Wymiotował do rana, ale niewiele to pomogło. Ostatkiem sił udało mu się wezwać pogotowie. W szpitalu chcieli mu zrobić przeszczep wątroby, lecz nie znaleziono dawcy, więc nie odzyskawszy przytomności, zmarł po kilku dniach.

Pojawił się pewien kłopot, bo nie było komu odebrać ciała z kostnicy i urządzić pogrzebu. W końcu na apel policji zgłosiły się po nie przyjaciółki matki, te pokraczne starsze panie w fantazyjnych beretach. Rozkładając nad grobem parasolki w absurdalne wzorki, odprawiły swoje litościwe funeralne rytuały.

Szwy

To wszystko zaczęło się pewnego ranka, kiedy pan B., wyplątawszy się z pościeli, podreptał jak zwykle do łazienki. Ostatnio źle sypiał, noc rozsypywała mu się na drobne kawałki, zupełnie jak korale jego zmarłej żony, które znalazł onegdaj w szufladzie. Wziął je do ręki, a zetlały sznurek pękł i wyblakłe kulki rozsypały się po podłodze. Większości nie udało mu się odnaleźć i odtąd podczas bezsennych nocy zastanawiał się często, gdzie wiodą swój okrągły bezmyślny żywot, w jakich kłębkach kurzu się umościły i jakie szpary w podłodze stały się ich życiową niszą.

Rano, siedząc na muszli, zobaczył, że jego skarpetki, obie, mają na samym środku szew — maszynowy zgrabny szew, który prowadzi od palców stopy aż po ściągacz.

Niby drobna sprawa, ale go zaintrygowała. Widocznie wkładał je nieuważnie i nie dostrzegł takiego dziwactwa — skarpetki ze szwem na całej długości, od palców poprzez podbicie aż do ściągacza. Dlatego gdy skończył łazienkowe ablucje, podreptał prosto do szafy, gdzie na dole w szufladzie mieszkały jego skarpetki, tworzące zbity czarno-szary kłąb. Wysupłał z niego pierwszą lepszą i rozciągnął na wysokości oczu. A że trafił na czarną i w pokoju było ciemnawo, niewiele zobaczył. Musiał wrócić do sypialni po okulary i dopiero wtedy ujrzał, że i ta czarna ma taki szew. Teraz wyciągał wszystkie skarpetki, przy okazji próbując znaleźć do nich pary — każda z nich miała szew biegnący od palców do ściągacza. Wyglądało na to, że ów szew jest skarpetce przyrodzony, że jest oczywistą jej częścią i nie da się od idei skarpetki oddzielić.

Najpierw poczuł złość, nie wiadomo, czy bardziej na siebie, czy na te skarpetki. Nieznane mu były skarpetki z takim szwem na całej długości. Wiedział tylko, że mają szew biegnący w poprzek na wysokości paznokci, ale poza tym są gładkie. Gładkie! Włożył tę czarną na nogę, wyglądała dziwnie, więc odrzucił ją ze wstrętem i zaczął przymierzać inne, aż się zmęczył i przez chwilę poczuł, że brakuje mu tchu. Nigdy przedtem nie zauważył, że skarpetki mają taki szew. Jak to możliwe?

Postanowił porzucić całą tę sprawę skarpetek; ostatnio często tak robił: to, co go przerastało, było starannie ukrywane na strychu jego pamięci, uznawał, że nie będzie już tego czegoś używał. Zaczął skomplikowany rytuał parzenia sobie porannej herbaty, do której dodawał trochę ziół na prostatę. Wywar dwa razy przelewał przez sitko. Kiedy płyn przeciekał, pan B. kroił chleb i dwie małe kromeczki smarował masłem. Dżem z truskawek, własnej roboty, okazał się popsuty — sinoszare oko pleśni patrzyło na niego ze słoika prowokująco i bezczelnie. Zjadł więc chleb z samym masłem.

Sprawa szwu pojawiła się jeszcze kilka razy, ale potraktował ją jako zło konieczne — niczym kapiący kran, urwany uchwyt od szafki czy popsuty zamek kurtki. Mierzenie się z takimi rzeczami było ponad jego siły. Zaraz po śniadaniu zaznaczył w programie telewizyjnym to, co miał zamiar dziś oglądać. Starał się dzień wypełnić szczelnie, zostawiał tylko trochę pustych godzin na gotowanie obiadu i wyjście do sklepu. Zresztą prawie nigdy nie udawało mu się dostosować do reżimu grafiku telewizyjnego. Usypiał w fotelu i budził się nagle bez świadomości czasu, próbując z programu zorientować się, w której części dnia wylądował.

W sklepie na rogu, w którym robił zakupy, pracowała tak zwana Kierowniczka. Była to postawna duża kobieta o bardzo jasnej cerze i mocno zarysowanych brwiach, cienkich jak niteczka. Gdy pakował już chleb i puszkę pasztetu do siatki, coś go tknęło i poprosił jeszcze, niby mimochodem, o skarpetki.

— Niech pan weźmie bezuciskowe — powiedziała Kierowniczka i podała mu parę brązowych skarpet schludnie opakowanych w celofan. Pan B. zaczął je niezręcznie obracać w rękach, próbując coś dojrzeć przez opakowanie. Kierowniczka wzięła od niego pakunek i zgrabnie zdjęła celofan. Zaraz też rozciągnęła jedną skarpetkę na swojej wypielęgnowanej dłoni o pięknych sztucznych paznokciach i podsunęła pod oczy panu B.

— Niech pan patrzy, w ogóle nie mają ściągacza, nie uciskają nogi i krew płynie swobodnie. W pańskim wieku... — zaczęła, ale nie skończyła, uznając zapewne, że o wieku mówić nie wypada.

Pan B. pochylił się nad jej ręką, jakby ją miał zamiar pocałować.

Przez środek skarpetki biegł szew.

— A czy są może takie bez szwu? — zapytał niby mimochodem, gdy płacił za zakupy.

— Jak to bez szwu? — zapytała zdziwiona ekspedientka.

— No żeby były zupełnie gładkie.

— No co pan? Przecież takich się nie da zrobić. Jak by się to miało trzymać?

Postanowił więc definitywnie zostawić sprawę samej sobie. Kiedy człowiek się starzeje, wielu rzeczy nie zauważa — świat pędzi do przodu, ludzie wciąż wymyślają coś nowego, jakieś kolejne udogodnienia. Nie zauważył, kiedy skarpetki stały się inne, niż były do tej pory. No cóż, może tak jest już od dawna. Nie sposób znać się na wszystkim, pocieszał sam siebie, drepcząc do domu. Wózek na zakupy turkotał za nim wesoło, świeciło słońce, jego sąsiadka z dołu myła okna i przypomniało mu się, że miał ją prosić o polecenie kogoś, kto umyłby okna u niego. Teraz widział je z zewnątrz — były szare, tak samo jak firanki. Miało się wrażenie, że właściciel tego mieszkania dawno temu umarł. Odgonił te głupie myśli od siebie i wdał się z sąsiadką w krótką pogawędkę.

Widok porządków, wiosny osiadł w nim niespokojnym poczuciem, że powinien coś zrobić. Postawił zakupy na podłodze w kuchni i tak jak stał, wszedł do pokoju żony, gdzie teraz sypiał; swój pokój przeznaczył na magazynowanie starych programów telewizyjnych, pudełek, kubków od jogurtu i innych rzeczy, które mogły się jeszcze przydać.

Rzucił okiem na miłe, wciąż kobiece wnętrze i uznał, że wszystko w nim jest tak, jak powinno być — zasłony zaciągnięte, lekki półmrok, jego pościel na łóżku schludnie ułożona, tylko jeden róg kołdry pozostaje odgięty, jakby sypiał bez ruchu. W kredensiku na wysoki połysk stały filiżanki zdobione złotymi i kobaltowymi szlaczkami, kryształowe kieliszki i barometr przywieziony znad morza. Wyraźny napis podkreślał ten fakt: Krynica Morska. Na stoliku przy łóżku leżał jego aparat do mierzenia ciśnienia. Wielka szafa przy ścianie przeciwległej do łóżka przywoływała go od miesięcy, ale od śmierci żony zaglądał do niej rzadko i niechętnie. Wciąż wisiały tam jej ubrania i wiele razy obiecywał sobie, że je wyda, ale jakoś dotąd się na to nie zdobył. I teraz oto przyszła mu do głowy odważna myśl — może by tymi rzeczami obdarować tę sąsiadkę z dołu. Przy okazji zapytałby ją o mycie okien.

Na obiad zrobił sobie zupę szparagową z torebki — była naprawdę dobra. Na drugie danie zjadł odsmażane wczorajsze młode kartofelki, popijając je kefirem. Po drzemce, która naturalnie następowała po obiedzie, pan B. ruszył do swojego pokoju i w ciągu dwóch pracowitych godzin zrobił porządek ze wszystkimi starymi programami telewizyjnymi składanymi tutaj tydzień za tygodniem, po pięćdziesiąt kilka rocznie; uzbierało się więc tego jakieś czterysta numerów w kilku nierównych zakurzonych stertach. Wyrzucenie ich było sprzątaniem symbolicznym: pan B. miał nadzieję rozpocząć ten rok — bo przecież rok zaczyna się od wiosny, a nie od jakiejś daty w kalendarzu — czynem oczyszczającym niczym kąpiel rytualna. Udało mu się wszystkie znieść do śmietnika i wrzucić do żółtego pojemnika z napisem „papier", ale wtedy ogarnęła go nagle panika — pozbył się części swojego życia, amputował swój czas, swoją przeszłość.

Wspiął się więc na palce i rozpaczliwie zaglądał do środka, próbując wypatrzyć swoje programy. Lecz zniknęły w ciemnej czeluści. Na klatce schodowej, wchodząc po schodach na swoje piętro, zaszlochał krótko i wstydliwie, a potem zrobiło mu się słabo, co znaczyło, że zapewne podskoczyło mu ciśnienie.

Następnego ranka, kiedy po śniadaniu usiadł jak zwykle do oznaczenia wartych obejrzenia programów w telewizji, zdenerwował go długopis. Ślad, jaki zostawiał na papierze, był brązowy, brzydki. Najpierw pomyślał, że to wina papieru, więc złapał inną gazetę i zaczął ze złością rysować kółeczka na marginesie, ale i one okazały się brązowe. Uznał, że tusz w długopisie ze starości lub z jakichś innych powodów zmienił kolor. Zły, że musi przerwać swój ulubiony rytuał, by poszukać czegoś innego do pisania, podreptał do kredensiku na wysoki połysk, gdzie z żoną przez całe życie gromadzili długopisy. Było ich tam mnóstwo i oczywiście wiele z nich nie nadawało się już do użytku — tusze powysychały i pozatykały się dziurki we wkładach. Gmerał przez chwilę w tej obfitości, aż wyciągnął dwie ich garście i wrócił do gazety pewien, że znajdzie choćby jeden, który będzie pisać tak, jak pisać powinien: na niebiesko, na czarno, od biedy na czerwono lub zielono. Żaden tego nie potrafił. Wszystkie zostawiały po sobie ślad w ohydnym sraczkowatym kolorze zbutwiałych liści, pasty do podłóg czy mokrej rdzy, od którego zbierało się na wymioty. Stary pan B. przez dłuższą chwilę siedział nieruchomo, tylko lekko drżały mu ręce. Potem zerwał się i z hukiem otworzył barek w starej meblościance, gdzie trzymał dokumenty; chwycił pierwszy z brzegu list, ale zaraz go odłożył; ten i wszystkie następne — rachunki, upomnienia, wyciągi — pisane były komputerowo. Dopiero gdy spod spodu udało mu się wyciągnąć jakąś ręcznie zaadresowaną kopertę, zrezygnowany ujrzał, że kolor tuszu także i tu był brązowy.

Usiadł w swoim ulubionym telewizyjnym fotelu, wyciągnął nogi przed siebie i siedział tak bez ruchu, oddychając i patrząc w obojętną biel sufitu. Dopiero potem zaczęły mu się nasuwać różne myśli, którymi żonglował w głowie i które potem porzucał:

— że jest jakaś substancja w tuszu długopisów, która z czasem traci właściwy jej kolor i brązowieje;

— że coś pojawiło się w powietrzu, jakaś toksyna, która sprawia, że tusz zmienia kolor na inny, niż był do tej pory;

i w końcu:

— że to jemu zmieniła się jakoś żółta plamka w oku albo nabawił się zaćmy lub katarakty i inaczej widzi kolory.

Lecz sufit nadal był biały. Stary pan B. wstał i kontynuował zaznaczanie programów — nieważne jakim kolorem. Okazało się, że będą *Tajemnice drugiej wojny światowej*, a także film o pszczołach na Planete. Kiedyś chciał mieć ule.

Potem przyszła kolej na znaczki. Pewnego dnia wyciągnął ze skrzynki listy i zamarł, widząc, że wszystkie znaczki na nich były okrągłe. Ząbkowane, kolorowe, wielkości złotówki. Zrobiło mu się gorąco. Nie bacząc na ból kolana, szybko wszedł po schodach, otworzył drzwi i bez ściągania butów pobiegł do pokoju, gdzie w barku trzymał listy. Zakręciło mu się w głowie, gdy ujrzał, że znaczki są okrągłe na wszystkich kopertach, nawet na tych starych.

Usiadł w fotelu i grzebał w pamięci, próbując znaleźć w niej ten jeden właściwy obraz znaczków. Przecież nie zwariował — dlaczegóż to okrągłe znaczki wydawały mu się takie absurdalne? Może przedtem nie zwracał na znaczki uwagi. Język, słodycz kleju, kawałek papierka, który jego palce przyklejają na kopertę... Listy kiedyś były grube, pękate. Koperty miały kolor niebieski, przeciągało się językiem po szlaczku kleju, a potem ściskało palcami, żeby obie części koperty się skleiły. Odwracało się kopertę i... — tak, znaczek był kwadratowy. To pewne. A teraz jest okrągły. Jak to możliwe? Zakrył twarz dłońmi i siedział tak przez chwilę w kojącej pustce, która jest pod powiekami,

zawsze na zawołanie. Potem poszedł do kuchni roz-
pakować zakupy.

Kobieta przyjęła podarunek z rezerwą. Podej-
rzliwie przyglądała się starannie ułożonym w pudle
jedwabnym bluzkom i sweterkom. Nie udało jej się
jednak ukryć błysku pożądliwości w oczach, gdy
spojrzała na futro. Pan B. powiesił je na drzwiach.
Gdy usiedli do stołu i zjedli po kawałku ciasta, popijając je herbatą, stary pan B. zdobył się na
odwagę:

— Pani Stasiu — zaczął dramatycznie ściszonym
głosem. Kobieta podniosła na niego ciekawy wzrok.
Jej żywe, brązowe oczy tonęły w odmętach zmar-
szczek. — Pani Stasiu, coś jest nie tak. Niech mi
pani powie, czy skarpetki mają szwy, takie przez
całą długość?

Milczała zaskoczona pytaniem i nieznacznie cofnęła się na krześle.

— Kochany, co też pan mówi? Jak to czy mają
szwy? Oczywiście, że mają.

— A czy zawsze miały?

— Co pan ma na myśli, mówiąc „czy zawsze"?
Oczywiście, że zawsze.

Kobieta nieco nerwowym ruchem zmiotła dło-
nią okruszki ciasta ze stołu i wygładziła obrus.

— Pani Stasiu, a w jakim kolorze piszą długopisy? — zapytał znowu.

Nie zdążyła mu odpowiedzieć, a on już niecierpliwie dodał:

— W niebieskim, prawda? Długopisy, od kiedy je wynaleziono, piszą na niebiesko.

Uśmiech powoli zniknł z pomarszczonej twarzy kobiety.

— Niech się pan tak nie denerwuje. Są też czerwone i zielone.

— No tak, ale zazwyczaj na niebiesko, prawda?

— Napije się pan czegoś mocniejszego? Może kieliszek nalewki?

Już chciał odmówić, bo nie wolno mu było pić alkoholu, ale widocznie uznał, że sytuacja jest wyjątkowa. Przytaknął.

Kobieta odwróciła się do meblościanki i wyciągnęła z barku butelkę. Starannie odmierzyła dwa kieliszki. Troszkę drżały jej ręce. W pokoju wszystko było białe i niebieskie — tapeta w niebieskie paseczki, biała narzuta i niebieskie poduszki na sofie. Na stole stał bukiet sztucznych białych i niebieskich kwiatów. Nalewka rozlała w ich ustach słodycz i cofnęła niebezpieczne słowa w głąb ciała.

— Niech mi pani powie — zaczął ostrożnie — czy nie wydaje się pani, że świat się zmienił? Że jakby — szukał słów — nie można go złapać?

Znowu się uśmiechnęła jakby z ulgą.

— Oczywiście, kochany, ma pan najświętszą rację. Czas przyspieszył, to dlatego. To znaczy sam nie przyspieszył, tylko my mamy już zdarte umysły i nie łapiemy czasu tak jak kiedyś.

Pokręcił bezradnie głową, dając tym samym znak, że nie rozumie.

— Z nami jest jak ze starymi klepsydrami, wiesz, kochanieńki? Czytałam o tym. W takich klepsydrach ziarna piasku od częstego przesypywania robią się bardziej okrągłe, wycierają się i piasek przesypuje się szybciej. Stare klepsydry zawsze spieszą. Wiedział pan o tym? Tak samo nasz układ nerwowy, on też się zużył, wie pan, zmęczył się, bodźce lecą przez niego jak przez dziurawe sito i dlatego mamy wrażenie, że czas płynie szybciej.

— A inne rzeczy?

— Jakie inne rzeczy?

— No wie pani... — starał się wymyślić jakiś podstęp, ale nic nie przychodziło mu do głowy, więc zapytał wprost: — Słyszała pani o prostokątnych znaczkach pocztowych?

— Ciekawe — odpowiedziała, dolewając im jeszcze po kieliszku. — Nie, nigdy.

— Albo o kieliszkach, które mają dziubek. O, proszę, taki jak tutaj. Przedtem nigdy nie miały...

— Ale... — zaczęła, lecz jej przerwał.

— ...albo słoiki, które odkręcają się w lewą stronę, albo to, że na zegarach w miejsce dwunastej godziny teraz jest zero, o, i jeszcze... — umilkł zbyt oburzony, żeby dokończyć.

Siedziała naprzeciwko niego z rękami złożonymi na podołku, nagle zrezygnowana, grzeczna, poprawna, jakby straciła całą energię. Lekko tylko zmarszczone czoło wskazywało, jak bardzo niewygodnie jest jej w tej pozycji. Patrzyła na starego sąsiada z napięciem i rozczarowaniem.

Wieczorem jak zwykle położył się w łóżku żony, w którym spał od jej pogrzebu. Podciągnął kołdrę pod sam nos i leżał na wznak, patrząc w ciemność i słysząc bicie swojego serca. Sen nie nadchodził, więc wstał, żeby wyciągnąć z szafy różową koszulę nocną żony. Przytulił ją do piersi, a z gardła wyrwał mu się krótki pojedynczy szloch. Koszula pomogła — sen jednak przyszedł i unieważnił wszystko.

Wizyta

— Wyłącz mnie już — poprosiła. — Jestem zmęczona.

Siedziała na swoim łóżku i trzymała na kolanach jakąś starą książkę, ale widać było, że jej nie czyta. Usiadłam koło niej, bo zrobiło mi się jej żal. Patrzyłam na miękką linię jej szczupłych, zgarbionych pleców o lekko wystających łopatkach. Wyprostowałam się instynktownie. Miała sporo siwych włosów na skroniach i pryszcz koło ucha. Sięgnęła tam palcem i rozdrapała go. Instynktownie podniosłam rękę do ucha. Lena zdjęła z uszu małe perłowe kolczyki i dała mi je do ręki, a ja schowałam je do kieszeni. Dziwne uczucie, nieprzyjemne, nie do końca określone, że coś się psuje i że trzeba zająć się naprawą. Objęłam ją w pasie, położyłam głowę na jej ramieniu i wyłączyłam ją. Starałam się to zrobić z czułością.

Lena pojawiła się u nas jako ostatnia, całkiem niedawno, dlatego każda z nas może ją wyłączyć, ale robię to zwykle ja, kiedy już idę spać. Dziś pomyślałam, że naprawdę się napracowała i mogę to zrobić wcześniej, żeby jej ulżyć — cały dzień sprzątała, walczyła z molami w szafie, a później wykłócała się z wydawcą. Udało jej się też w końcu rozliczyć podatki, teraz zaś miała drukować nasze zdjęcia z ostatniej podróży. Z podatkami były jakieś problemy — nie wiem, nie pytam, udało mi się tym nie zajmować. Do mnie sprawy trafiają dopiero wtedy, kiedy trzeba podejmować prawdziwe decyzje.

Rano usłyszałam, jak śpiewała w kuchni, ma automatyczny tryb włączania się o świcie. Charakterystyczny trzask grzanek wyskakujących z tostera był dla nas wszystkich znakiem, że trzeba wstawać. Kiedy schodząc na dół, próbowałam się przyłączyć do śpiewu, umilkła. To był stary, bardzo stary przebój, jego słowa przypominały się same, odklejone od znaczenia: ono zostało w przeszłości.

Alma przyniosła z ogrodu rzodkiewki i usiadła w milczeniu przy stole; miała jak zwykle brudne, zniszczone ręce — ten widok mnie drażnił. Uważałam zawsze, że z jej pracy nie ma wielkiego pożytku, takie rzodkiewki można by było kupić, a ją wyłączyć. Jednak obecność Almy w jakiś dziwny sposób porządkowała nasze życie i świadomość tego pozwalała mi lepiej znosić ślady ziemi na czystej podłodze czy brudne ręczniki. Wyłączyć Almę — sama owa myśl była tak głupia, że aż się uśmiechnęłam. Alma rzadko zwracała na mnie uwagę, ale teraz zapytała:

— Co ty właściwie robisz cały dzień? Snujesz się po domu bez zajęcia. — Ciachnęła ze złością kolejny ogonek od rzodkiewki.

Zatkało mnie. Co ja robię? Co ja robię?! Udawałam, że to pytanie wcale mnie nie dotknęło, i ukryłam dłonie w kieszeniach, bo drżały. Co ja robię? Rysuję i piszę, jaśnie pani. Myślę. Analizuję. Nazywam. To mało? Zarabiam pieniądze. Utrzymuję nas. Żyjemy z mojego wymyślania niestworzonych historii. Dlatego muszę spać i śnić. Moralnie to jest sprawa wątpliwa, że w ogóle można się utrzymywać z kłamstw i zmyśleń, ale ludzie robią gorsze rzeczy. Zawsze byłam kłamczuchą, a teraz zrobiłam z tego zawód. Mogłabym od razu powiedzieć: Nie wierz w to, co wymyślam. Nie ufaj mi. Moje rysunkowe opowieści wyrażają prawdziwy świat, są więc rodzajem prawdy. Przede wszystkim zaś muszę mieć wolny umysł, to mi pomaga, to mnie integruje. Ale nie powiedziałam tego, nic nie powiedziałam, nalałam sobie tylko warzywnego koktajlu, którym Lena karmiła nas na śniadanie, i poszłam na górę. Słyszałam jeszcze, jak Alma fuknęła i wróciła do kastrowania rzodkiewek. Powiedziałabym jej, co myślę o jej zajęciach, kompletnie bezużytecznych, gdybym była tak niedelikatna jak ona.

Przez uchylone drzwi do dziecinnego pokoju zobaczyłam, jak Fania karmi Trzylatka piersią. Poczułam w brzuchu i w piersiach słodką słabość, nie do opisania, tak jakby granice mojego ciała zostały unicestwione w tym miejscu, gdzie usta dziecka dotykały sutka Fani, jakby zrobiła się we mnie za sprawą tych ustek dziurka, przez którą łączę się z całym zewnętrznym światem.

Mamy synka. Chciałyśmy, żeby miał ciemną skórę i rysy Azjaty. Okazało się to niełatwe, bo ostatnio była to bardzo rozchwytywana mieszanka, ale udało się. Chalim jest piękny i mądry. Do jego urodzenia wzięłyśmy Fanię i teraz jest nas cztery: Alma, Lena, Fania i ja. Właściwie mogę powiedzieć, że w naszej małej homogenetycznej rodzinie wszystkie jesteśmy spełnione i szczęśliwe, a czwórka to bardzo symetryczna i cudownie stabilna liczba. Czasem wyobrażam sobie, że jesteśmy skrzydłami starożytnego wiatraka, obracamy się wokół jednego centrum, zagarniamy dla siebie przestrzeń, porządkujemy chaos czasu. Poruszamy się po wspólnej orbicie, jedna za drugą, wypełniając wszystkie możliwości egzystencji. Zapamiętaj to, powiedziałam od razu do siebie, bo mam taki sroczy nawyk — każdą myśl przynoszę od razu do gniazda i zmieniam w rysunek. Teraz też, gdy w mojej wyobraźni rozjarzył się obraz wiatraka, już natychmiast pobiegłabym do mojego pokoju, gdzie na stole mam rozłożone papiery, rysunki i szkice, gdyby nie paskudna myśl łopocząca gdzieś w mózgu, myśl, którą chętnie wyparłabym albo przerzuciła na innych, myśl rozpraszająca i irytująca: przed południem ma przyjść na kawę nasz nowy sąsiad.

Ktoś obcy w domu. Obce oczy, obcy zapach, obce ślady na miękkim dywanie. Obce mikroby, które on wlecze ze sobą nie wiadomo skąd. Obcy timbre głosu, na dodatek męski, niski, wibrujący — taki, który zagłusza otoczenie. Nie brakowało nam tu towarzystwa ani rozrywek. Wieczorem grywałyśmy w kanastę i oglądałyśmy stare filmy, po czym omawiałyśmy je przy kieliszku wina, szukałyśmy najsubtelniejszych różnic zdań, zawsze się zdarzały, choćby z przekory. Dobre były też bierki. Lubiłyśmy gry oparte na łucie szczęścia i przypadkowości. Pochylałyśmy się zawsze nad skłębionymi patyczkami, dotykając się głowami, i po chwili za sprawą naszych delikatnych palców chaosu stopniowo ubywało. Nie potrzebujemy tu innych ludzi.

A teraz przyjdzie nowy sąsiad, który sprowadził się tutaj niedawno i na pewno szuka komitywy.

Dziecko zapłakało, jego krzyk był natarczywy i ostrzegawczy, wwiercał się w mózg.

— Ucisz go — krzyknęłam do Fani i zrozumiałam, że dzisiaj nie będzie już przedpołudniowej pracy, chociaż miałam dokończyć serię plansz.

Alma była zła, Fania była zła — cały dzień na marne. Rozłożyły przy drzwiach dywanik, żeby mógł wytrzeć weń swoje zapewne brudne buty. Umieściły kostki zapachowe w toalecie, na wypadek gdyby, nie daj Boże, przyszło mu do głowy z niej skorzystać. Przygotowały filiżanki i talerzyki. Zastanawiałyśmy się, co przyniesie: ciasto czy może butelkę wina. Fania obstawiała kwiaty. I jak długo zostanie. Czy kazać mu usiąść na kanapie, czy może postawić fotele naprzeciwko okna, tak żebyśmy go dobrze widziały? Dawno nikt nas nie odwiedzał i trochę już zapomniałyśmy, jak oni tam wszyscy wyglądają. Gdy patrzy się nieustannie tylko na swoje identyczne twarze, przeżywa się coś w rodzaju szoku na widok odmienności. I wszystko, co jest inne, staje się brzydkie, nieporadne, dziwaczne.

Gość zapowiedział, że przyjdzie samowtór, tak więc i my zdecydowałyśmy, że wystąpimy we dwie — oczywiście ja oraz Lena. Fania jest zbyt zajęta dzieckiem, a Alma walczy dziś z mszycami.

— A co gdyby go przyjąć w ogrodzie? — zapytała nas nagle z ogrodu Alma. Lena z zaciekawieniem podniosła na nią oczy. — Jest cudowna pogoda i wszystko kwitnie.

Zrozumiałam, że chce się przed kimś pochwalić kwiatami, że my jej nie wystarczamy. Spojrzałam przez okno. Właśnie zakwitły piwonie i ich wielkie bujne głowy poruszały się lekko w rytm podmuchów wiatru — mogłoby się wydawać, że tworzą chór, gdyby nie to, że nie było słychać ich śpiewu.

— Dlaczego nie — powiedziałam i spojrzałam na nią. Chciałam zobaczyć jej radość. To miłe, że zapytała. Nie musiała nas pytać. Musnęłam wzrokiem jej twarz, nasze spojrzenia spotkały się i zaraz odskoczyły od siebie.

Zasada numer jeden w psychofizyce symetrii jest zawsze taka, żeby nie patrzeć sobie zbyt długo w oczy. Można rzucić okiem, łypnąć, spojrzeć, spoglądnąć, zahaczyć wzrokiem, ale nie wpatrywać się sobie nawzajem w oczy. To nas zaburza. Egony się zawieszają. Dlatego zanim dostanie się egona czy egonę, trzeba ćwiczyć prowadzenie konwersacji bez patrzenia w oczy. To jest podstawowa zasada. Nigdy nam się to nie zdarzyło, ale słyszałam, że jakiś egoton eksperymentował na terapii z patrzeniem sobie w oczy i wszystkie egony się zawiesiły — trzeba je potem było odblokowywać, co okazało się bardzo kosztowne.

Zawsze wstydzę się swoich prac, a właściwie mam bardzo męczące ambiwalentne uczucie — chciałabym i jednocześnie nie chciałabym, żeby zostały one obejrzane. Nigdy nie jestem zadowolona zwłaszcza z tekstu, którym podpisuję rysunki. A jeżeli już jestem — to krótko; tekst przeczytany następnego dnia odsłania różne nieporadności i błędy. Wolę swoje obrazki. Bez względu na to, jak bardzo wyrafinowany byłby język, nasz mózg zamienia go na obrazy. Obraz wpływa w nasze doświadczenie wielką falą, tekst — cieniutką stróżką. Wiedzieli o tym wielcy powieściopisarze, stąd te wszystkie podpórki i subtelne sugestie dotyczące obrazu, te „powiedziała, a jej oczy zalśniły gniewem", „odpowiedział obojętnie, moszcząc się na obitej głęboko niebieskim pluszem kanapie", które doczepia się do dialogów. Język, słowa tylko wtedy mają moc, kiedy stoją za nimi obrazy. Rysuję i piszę dużo, całymi dniami, w milczeniu i ciszy, słysząc z dołu dochodzące mnie dźwięki życia rodziny: tupot nóżek Chalima, uderzenia pokrywek o garnki, szum odkurzacza, trzaskanie drzwi na taras, gdy zapanuje nad nimi przeciąg. To mnie uspokaja, ruchy ręki stają się wtedy pewne. Tworzę dla dzieci, bo tylko one naprawdę czytają. Dorośli mają poczucie winy z powodu swojej logofobii i kompensują ją kupowaniem książeczek córeczkom i synkom. Moje rysunki są nieruchome, jak za dawnych czasów. Ilustruję własne bajki, robię to tuszem, starą techniką, rzadko stosowaną, bo jest pracochłonna, wymagająca i brudzi dłonie. Chalim, kiedy mnie widzi z poplamionymi dłońmi, uśmiecha się radośnie i mówi, że jestem łaciata. Muszę przyznać z pewną dumą, że bajki sprzedają się dobrze i dlatego stać nas na egony. Dzięki temu mogę też pisać, rysować i żyć. To ważne zestawienie: tworzyć i żyć. Nic mi więcej nie potrzeba.

O tej porze powinnam już siedzieć pochylona nad planszami, które przez ostatnie miesiące przyjmowały moje kreski bez sprzeciwu i na zawsze. Ale przez tę zapowiedzianą wizytę nie mogłam się skupić. Słyszałam, że na dole Lena odbiera zakupy — duże opakowania papieru toaletowego i podpasek, papierowe ręczniki, butelkowaną wodę i produkty spożywcze. Jesteśmy rodziną, kupujemy góry jedzenia, ale dzięki Bogu mamy podobne gusta kulinarne, choć zachcianki bywają różne. Teraz trochę inaczej je Fania — póki karmi. Pije dużo herbaty z mlekiem, ponieważ Alma przeczytała gdzieś, że dawniej uważano herbatę z mlekiem, zwaną wtedy bawarką, za czynnik zwiększający laktację. Sądzimy z Leną, że Fania powinna już przestać karmić, ale z pewnością czuje się przez to ważna — właściwie wcale się jej nie dziwię, jest w końcu egoną od dziecka. Kiedyś straci rację bytu i wtedy trzeba będzie ją przekwalifikować albo wyłączyć na dobre. Alma z kolei jada czyste mięso. Twierdzi, że pracuje fizycznie, więc musi jeść mięso, taki przesąd. Po wielu dyskusjach kupiłyśmy inkubator, stoi teraz w kuchni przy lodówce i piekarnikach. Na półkach rośnie mięso. Próbki kupujemy za zaliczeniem pocztowym z katalogu, zaznaczając tylko kliknięciem odpowiednią rubrykę. Kiedy Alma każe sobie upiec schab albo polędwicę, w domu rozchodzi się dziwny zapach — przyjemny i zarazem odrażający.

Nie mogłam się skoncentrować na pracy i znowu zeszłam na dół.

— Powiedział „dwa"? — zapytałam Lenę pochyloną nad ciastem, do którego wsypywała właśnie orzechy.

— Włącz mi piekarnik. Na dwieście dziesięć.

Wykonałam polecenie i za chwilę, gdy dolewałam sobie kawy, ciasto wjechało do środka.

— Tak, powiedział „dwa" — odpowiedziała.

— Jestem ciekawa.

— Ja nie.

Zawsze rozmawiałyśmy ze sobą raczej krótko. Rozmowa z egoną nigdy nie jest emocjonująca. Czasem, jak z Fanią, chce się już odejść, zanim się pomyśli, że można coś powiedzieć. Ale są pewne sprawy, które trzeba uzgodnić, bo obowiązuje zasada numer dwa.

Zasada numer dwa to swego rodzaju savoir-vivre. Chodzi o ustalenia, kto z kim się spotyka. Wszelkie towarzyskie spotkania nie odbywają się właściwie nigdy w pojedynkę. Zwykle uczestniczą w nich po każdej stronie dwa lub trzy egony, czyli duoton albo triniton. Im bardziej prywatny charakter ma spotkanie, tym mniej na nim egonów. Na randki wciąż chodzi się w pojedynkę. To trudne, dlatego randki stały się czymś wyjątkowym. Nie mam takich doświadczeń. Już nawet myśl, że mogłabym spotkać się sam na sam z jakimś obcym człowiekiem, przyprawia mnie o niepokój. Na policję, do lekarza — idzie cały egoton.

Skoro więc powiedział „dwa", to znaczy dwa, wiadomo, jak nakryć. Lena spojrzawszy na mnie, spytała:

— Nakryjesz?

Punktualnie o dwunastej stał przy drzwiach — samowtór: dwóch facetów w identycznych ubraniach, co od razu uznałyśmy milcząco za obciachowe. Łysiejący mężczyzna koło pięćdziesiątki, z brzuszkiem, z wodnistymi niebieskimi oczyma w staromodnych okularach. Trzymał w ręku talerz z owocami z tych bardzo egzotycznych, wiecznie modyfikowanych, których nazw się nie pamięta. Drugi to samo. Nie jadałyśmy tego.

Powiedziałyśmy „dzień dobry" zgodnie, tym samym głosem. Lena zmieniła bluzę na czystą, bez śladów mąki i plam po sokach. Ja narzuciłam frędzlastą chustę, a przedtem wypiłam duszkiem kieliszek wina dla kurażu. Zawsze trzymam butelkę w swoim pokoju. Przeszedł po świeżo rozścielonym dywaniku do drzwi na taras. Usiedli w fotelach na wprost kępy kwitnących piwonii.

— O, jakie piękne kwiaty — powiedział jednocześnie samowtór.

My usiadłyśmy na kanapie, tyłem do ogrodu. Właściwie ja usiadłam, a Lena poszła po kawę i ciasto. Zwróciłam się do nich obu serdecznie, bacząc, by równo rozdawać spojrzenia, raz na jednego, raz

77

na drugiego, zasada numer trzy mówi bowiem, że nigdy nie powinniśmy się wywyższać nad egonami ani faworyzować jakiegoś i że grzecznie jest zacierać różnice w statusie. Sprowadzało się to do tego, żeby ukrywać, kto jest alfa, a kto zwyczajnym egonem.

— Hodujemy kwiaty — powiedziałam wymijająco. Wino sprawiło, że byłam śmielsza niż zwykle.

Naprawdę nie jest niczym przyjemnym siedzieć naprzeciwko kogoś obcego i przeżuwać jedzenie. Przygotowałam już wcześniej pewien uniwersalny zestaw pytań na takie okazje, ale ponieważ miał to być nasz sąsiad, całość wzbogaciłam nieco o pytania takie jak:

Jak podoba ci się okolica?

Skąd się tutaj sprowadziłeś?

Czy masz ogród?

Właściwie to wszystko, co przyszło mi do głowy.

Zasada numer cztery mówi, żeby nie wypytywać zbyt nachalnie o liczbę egonów żyjących w egotonie. Mogłoby to zostać odczytane jako badanie statusu materialnego, a to jest niegrzeczne. Jasne, że im więcej egonów, tym człowiekowi lepiej się powodzi, ale nie zawsze tak bywa. Niektórzy bogaci i dobrze prosperujący ludzie ograniczają liczbę egonów, praktykując modny powrót do natury, do swojskiego zdrowego życia w małym gronie. Ideałem byłoby życie w samojeden, ale nie znam nikogo, kto by był aż tak ekscentryczny.

Sąsiad samowtór siedział dosyć skrępowany, od-powiadał wymijająco, widać było, że czuje się nie-pewny i że dla niego ta wizyta także nie była ni-czym przyjemnym. Miał zwyczaj pochrząkiwania, stąd przyszedł mi do głowy pomysł, żeby zapytać go o alergię. Okazało się, że trafiłam, i rozmowa ze-szła na uczulenia na różne pokarmy. Powiedział, że owszem, są uczuleni na wszelkie zboża, czekoladę, orzechy i nabiał. Kątem oka zobaczyłam, że Lena zatrzymała się w drzwiach z ciastem czekoladowo-
-orzechowym, które przygotowała na to spotkanie. Rakiem wycofała się do kuchni. Za chwilę wróciła z rzodkiewkami i usiadła obok mnie.

Obaj poczęstowali się rzodkiewkami i chwilę rozmawialiśmy o dzieciach. Bardzo interesowało go to, że mamy dziecko, rozglądali się nawet wo-koło, jakby mając nadzieję, że zobaczą je bawiące się gdzieś w kącie czy schowane pod stołem.

Patrzyłam na jasną karnację sąsiadów, na malut-kie kropelki potu, które pokazały się im na czole, na jasne, przerzedzone włosy tworzące ułomną aureolę wokół zaróżowionych twarzy. Lekkie okulary o me-talowych uchwytach zsuwały im się jednakowo na czubek nosa, poprawiali je tym samym gestem.

Pomyślałam, że mogłabym go narysować i umieś-cić w książce jako postać dobrotliwego czarodzie-ja, któremu zawsze mylą się zaklęcia i dlatego wyczarowuje nie to, co by chciał. Zapamiętałam ten pomysł. Wszystkie swoje pytania już zadałam.

Odpowiedział, że okolica jest piękna, że dom wymaga remontu; zapytał, czy nie znamy jakichś firm remontowych. Dał do zrozumienia, że mieszkał kiedyś w centrum, ale miał dość hałasu. Teraz on przeszedł do ofensywy. Zapytał, gdzie robimy zakupy. Nawet nie zdążyłam odpowiedzieć, bo stała się rzecz niebywała — do salonu weszła Alma z talerzem świeżo zerwanych winogron z jej uprawy, których nie pozwalała nam jeść, i z butelką rieslinga. Bez słowa postawiła wszystko na stole i przysiadła na wolnym krześle. Zmieszana Lena natychmiast wyszła, nie chcąc dopuścić do okropnej sytuacji, że my jesteśmy samotrzeć, on zaś tylko samowtór. Goście też poruszyli się niespokojnie. Alma bez słowa rozstawiła kieliszki i uśmiechnęła się do mnie, ignorując mój karcący wzrok, który mówił jej jasno: „Tak się nie robi, moja droga".

— Czym się zajmujesz? — wypaliła bezceremonialnie, nalewając rieslinga. — Lodu?

Alkohol w południe! Bezpośrednie pytanie o pracę! Zaczerwienili się obaj, rumieniec wpełzł na ich okrągłe, nieco już obwisłe policzki i tkwił tam przez kilkadziesiąt sekund jak nieprzyjemna plama. Widziałam, jak ręka tego z lewej strony powędrowała do dłoni tego z prawej, jakby chciała ją złapać i ścisnąć dla otuchy. Oczywiście nie dopuścili do tego.

— No, cóż... — zaczął ten lewy. — Usługi obliczeniowe.

Zabrzmiało to bardzo banalnie. Zapadła niezręczna cisza.

— A ty? — zapytał po chwili, zwracając się do mnie. Drugi dla zachowania symetrii popatrzył na Almę, która zezuła buty i podwinęła pod siebie nogi na fotelu. Cóż za faux pas!

— My jesteśmy po prostu najzwyklejszą rodziną.

— Wiem, że macie dziecko — powiedział prawy. — Czy będę mógł je zobaczyć?

Spuściłam wzrok, ale Alma nie wyglądała na zmieszaną tą obcesowością gościa.

— Ma na imię Chalim. Ma trzy lata.

Obaj wyglądali na zachwyconych.

— Marzymy o dziecku. Zdaliśmy już egzaminy i przygotowujemy pokój dziecięcy — powiedzieli; widać było, że dotknęłyśmy czegoś, co ich naprawdę porusza.

— Ten od południa? — zapytała Alma, znowu nalewając do kieliszków rieslinga, mimo że oni nie dopili swojego do końca.

— Nie, chcemy od zachodu, żeby rano mogło spać bez przeszkód.

Nie mogłam się skupić na rozmowie, bo wciąż obserwowałam Almę i jej zdumiewające zachowanie. Kątem oka kontrolowałam też gościa. Rozluźnili się, ale i tak nie należało obcym zaufać zbyt wcześnie. Lewy powiedział, że pracuje dla dużej korporacji i że jego komputery muszą mieć specjalne chłodzenie. Prawy dodał, że pomieszczenie, w którym pracują, jest izolowane, tak więc nie powinniśmy się bać promieniowania. Przez chwilę można było odnieść wrażenie, że rozmowa zaczyna się kleić. Z pewnością sprawiła to bezceremonialność Almy albo po prostu riesling. Rzadko da się dziś znaleźć kogoś, z kim chciałoby się rozmawiać. Inni to nuda, mają zwykle niewiele więcej do powiedzenia niż to, co już wiesz, a jeżeli znają się na czymś, o czym nie masz pojęcia, to zazwyczaj ciebie to nie interesuje, bo cię nie dotyczy... Po chwili rozmowa znów się zawiesiła. Ziewnęłam dyskretnie, ale chyba to zauważył. Zaczęli się wiercić. Lewy znowu zapytał o dziecko — czy będą mogli je zobaczyć. Zanim Alma zdążyła się odezwać i wyskoczyć z czymś głupim, powiedziałam:

— Śpi o tej porze.

— Jasne, jasne... Co za pomysł, nie będziemy go przecież budzić... To by było niegrzeczne. I szkodliwe dla malucha — mitygowali się obaj na przemian.

Czuć było, że wizyta dobiega końca. Alma wyciągnęła nogi przed siebie i ze zgrozą zobaczyłam, że ma wielką dziurę w skarpetce, wychodził przez nią duży palec. Gość też to zauważył — na twarzach obu znowu rozkwitł rumieniec.

— Czas do domu — powiedział spłoszony i wstali.

Poczułam niewymowną ulgę. Ukłoniliśmy się sobie wszyscy czworo i sąsiad wyszedł. Zaraz pojawiły się Fania i oburzona Lena. Patrzyłyśmy w milczeniu, jak dwie identyczne postaci znikają za rogiem.

— Chciał zobaczyć dziecko! — wykrzyknęłam wzburzona. Potem już mówiłyśmy do siebie, myśląc zdania. Co za bezczelność podczas pierwszej wizyty. A jaki był nieporadny, widziałyście? Jaka śmieszna ta jego łysina. Pewnie kolekcjonuje stare płytki i wiesza je na sznureczkach pod sufitem. Moc obliczeniowa! Już mu wierzymy. Siedzi na pensji obywatelskiej, nie ma pracy i nudzi mu się. Ciekawe, czy to prawda z tym dzieckiem... Tylko Alma nic nie mówiła. Poszła do kuchni i jadła ciasto wprost z blachy, rękami.

Przez następne dni żyło nam się dobrze, po naszemu. Alma pracowała w ogrodzie, a wieczorem piła wino i przeglądała stare czasopisma o uprawie roślin. Siedziała do późna, brzdąkała na starej gitarze i zostawiała po sobie bałagan. Lena poburkiwała na nią z kuchni, narzekając, że ma wszystko na głowie, że nie będzie już więcej gotować i żeby wziąć do tego egonę. Ale jej obiady były najlepsze na świecie. Fania zaś zajmowała się Trzylatkiem — zabawy, nauka, spacery; po południu w salonie dołączałyśmy do jej zajęć z małym. Były to najszczęśliwsze momenty dnia — stanowiłyśmy prawdziwą kochającą się rodzinę. Dziecko jeszcze nie nauczyło się nas odróżniać, więc lgnęło do nas jak do Fani, próbując dobrać się do naszych piersi.

Zawstydzała mnie spontaniczna odpowiedź mojego ciała, naszych ciał — nagłe wtulanie się, utrata granic, jakbyśmy były komórkami gotowymi do połączenia się w jeden organizm. Brałyśmy dziecko między siebie do środka, cztery identyczne pochylone nad nim kobiety, czułość uśmiechu, rozkwit jedności. Zapamiętaj ten obraz, nakazywałam sobie, zapamiętaj go dokładnie, żeby go potem narysować, przenieść na papier, poddać pod rysiki ołówka, pod ostrze piórka. Tak właśnie pracowałam — najpierw pojawiał się obraz, a dopiero potem przychodziła cała historia. Może ta będzie następna.

W ciągu tych dni kończyłam inną opowieść. Pracowałam bez wytchnienia, po kilkanaście godzin na dobę, ale z cudowną przyjemnością. Kilkadziesiąt stron rysunków opatrzonych lakonicznym tekstem. Wielka skorupa ślimaka, która zwija się do wewnątrz. W środku jest królestwo, tym doskonalsze i szczęśliwsze, im głębiej wejdzie w niego bohaterka. Ta spirala nie ma końca, wkręca się w nieskończoność, a istoty, które w niej zamieszkują, są po prostu coraz mniejsze, lecz nie mniej doskonałe. Wędrując w głąb, idzie się w nieskończoność i doskonałość. Świat jest skorupą, porusza się poprzez czas na ogromnym ślimaku.

Kiedy skończyłam, przyszła do mnie Alma i uważnie, w milczeniu oglądała każdą z plansz. Widziałam, że jest zadowolona. Przytuliła mnie i poczułam jej wzruszenie i miłość. Oddychałyśmy w tym samym rytmie, słyszałam, jak nasze ciała żyją. Poczułam się absolutnie szczęśliwa.

— Kochana — powiedziała. — Teraz cię wyłączę. Musisz odpocząć do następnego zadania. Będziemy do ciebie tęsknić.

Poddałam się jej palcom w poczuciu dobrze spełnionego obowiązku.

Prawdziwa historia

Kobieta upadła zaraz po zejściu z ruchomych schodów, wprost na marmurową posadzkę, uderzając głową o cokół rzeźby, która przedstawiała solidnej budowy robotnicę — zapewne tkaczkę, w ręku bowiem trzymała wrzeciono.

Profesor widział to zdarzenie dość dokładnie, znajdował się w owej chwili w połowie sunących w dół schodów. Pędzący tłum na chwilę lekko zafalował, a dwie albo trzy osoby znajdujące się najbliżej pochyliły się nad nieszczęśnicą, zaraz jednak ruszyły dalej, popychane przez napierających z tyłu ludzi spieszących się do pociągów. Można powiedzieć, że ludzki strumień zignorował leżącą i popłynął swoim korytem. Nogi przechodniów sprawnie omijały leżące ciało, tylko czasem ktoś zaczepił o połę wacianego płaszcza. Profesor, gdy tylko znalazł się przy leżącej, kucnął, próbując szybko określić jej stan na tyle, na ile mógł to zrobić ktoś, kto nie był lekarzem. Okazało się to trudne, ponieważ jej twarz przykrywał po części brudny kaptur, który powoli nasiąkał krwią, a jej ciało było zakutane w brunatne ze starości i brudu szmaty, niczym w szerokie, luźno obwiązane bandaże; spod poplamionej brązowej spódnicy wystawały nogi w grubych cielistych rajstopach i rozdeptanych butach, brązowy płaszcz bez guzików był przewiązany skórzanym paskiem — nadto jak na letnią pogodę. Profesor odsunął kaptur. Wyjrzała spod niego mocno zakrwawiona twarz skrzywiona grymasem bólu. Kobieta ciężko oddychała, jej wargi poruszały się — tworzyły się na nich bąbelki śliny zmieszanej z krwią.

— Pomocy! — krzyknął przerażony profesor i chwycił swoją marynarkę, żeby podłożyć ją pod głowę rannej. Próbował sobie przypomnieć, jak brzmi słowo „pomoc" w tym kraju, ale wszystko uleciało mu z pamięci, nawet „dzień dobry, jak się masz?", które ćwiczył w samolocie. — *Hilfe, help* — wołał ogarnięty paniką. Krew wylewała się spod głowy leżącej kobiety, ale ludzki strumień zręcznie ją omijał, powstał nawet swego rodzaju meander. Plama krwi robiła się coraz większa, coraz bardziej złowroga, a zmaltretowane upadkiem ciało przypomniało mu nagle obraz Melchiora de Hondecoetera, martwą naturę z naturalistycznie pokazanym trupem upolowanego zająca.

Profesor, który przybył do tego chłodnego, wietrznego i rozległego miasta przedwczoraj, teraz wracał właśnie z samotnego spaceru do hotelu, gdzie miał się odbyć bankiet z okazji kończącej się konferencji, na której wystąpił z wykładem. Konferencja dotyczyła związków nauk ścisłych ze sztuką i literaturą, a wystąpienie profesora traktowało o wpływie konsumpcji białka na postrzeganie kolorów. Dowodził w nim, że rozkwit malarstwa holenderskiego jest ściśle skorelowany ze wzrostem hodowli bydła i skokowym wzrostem spożywania wysokobiałkowego pożywienia w postaci nabiału. Aminokwasy zawarte w serze wpływają na rozwój pewnych struktur w mózgu związanych z widzeniem kolorów. Jego wykład został przyjęty bardzo ciepło, by nie powiedzieć — entuzjastycznie. Po sutym obiedzie, podczas którego wdał się w dyskusję o malarstwie iluzjonistycznym, wypił kawę i zrezygnował z wyjścia z całą grupą do wielkiego słynnego muzeum; odwiedził je już kiedyś, zdecydował się za to na samotną wyprawę do centrum, by odetchnąć świeżym powietrzem i popatrzyć na życie metropolii.

Szedł niespiesznie, wydłużając swój i tak długi krok — był mężczyzną stosunkowo wysokim i szczupłym — a ponieważ zrobiło się nagle ciepło i miodowe słońce wyjrzało zza chmur, ściągnął marynarkę i niósł ją niedbale przewieszoną przez ramię. Na ulice wylegli spacerowicze zaskoczeni nagłą poprawą pogody, przyciągały ich wystawy pełne markowych towarów, eksponowanych dowcipnie i kokieteryjnie, jak dzieła sztuki. Wielkie szyby odwracały uwagę od byle jakich fasad pokrytych zbyt jaskrawymi kolorami. Stary deptak był raczej wybiegiem, gdzie ludzie mogli wreszcie napatrzyć się na siebie i ocenić, czy zajmują właściwe miejsce wśród innych, a także upewnić się, że całkiem dobrze pasują do świata. Zakupy robiło się gdzie indziej, w odległych, ogromnych centrach handlowych, ale tam nasz profesor się nie wybierał. Był z siebie równie jak inni zadowolony, był usatysfakcjonowany z przyjazdu, z wykładu, z pogody, a nawet z tego miasta, które przecież jeszcze przedwczoraj wydało mu się nieludzkie i odrażające. Teraz, kiedy spadł mu poziom adrenaliny i miał poczucie dobrze spełnionego obowiązku, miłe ciepło rozlało się po całym jego ciele — cieszył się słońcem, uśmiechał się do mijanych ludzi w błogim przekonaniu, że nikt go tu nie zna i że może wszystko, choć niczego szczególnego nie zamierzał robić. A perspektywa, że niedługo znajdzie się w bezpiecznych wnętrzach hotelu, zje coś smacznego i napije się zimnej wódki, jaką tu hojnie raczą, sprawiała, że właściwie poczuł się szczęśliwy.

Rozmyślnie nie wziął taksówki i postanowił iść w stronę metra główną szeroką ulicą, którą przemieszczały się samochody, zazwyczaj zresztą stojące w korkach. Od czasu do czasu przemykał pomiędzy nimi pojazd z świecącym na niebiesko kogutem.

Profesor szedł równym krokiem, czując wyraźnie przyjemność, jaką daje ruch po wielu godzinach siedzenia w niewietrzonej sali. Słońce grzało szczodrze — miał na sobie białą koszulę ozdobioną dość ekscentrycznym krawatem, który wybrała mu żona. Było mu lekko i dobrze, choć oczekiwanie, że podczas tego spaceru odetchnie świeżym powietrzem, okazało się daremne. Nad ulicą wiły się bowiem i wirowały ogony spalin, wkręcając się w nosy nielicznym przechodniom. Profesor dostrzegł, że jeden z nich o wyglądzie Azjaty miał na twarzy białą maseczkę.

Przeszedł już z kilometr wzdłuż lewej strony ruchliwej ulicy, a ponieważ z mapy wiedział, że będzie musiał dostać się na drugą stronę, z niepokojem wypatrywał jakiejś zebry. Nie pojawiała się w polu jego widzenia, pomyślał więc, że pod taką ruchliwą ulicą prowadzą pewnie przejścia podziemne, ale i na takie się nie natknął. Rozważał już, czy by nie poczekać na jakiś większy luz w potoku pojazdów i nie spróbować przebiec przez jezdnię, ale przypomniała się mu niczym ostrzeżenie historia, którą opowiadano sobie podczas przerwy na kawę, o pewnym niemieckim doktorancie, który kilka lat temu właśnie na podobnej konferencji z niemiecką ufnością do ustalonych porządków próbował przejść przez ulicę po pasach na zielonym świetle i został śmiertelnie potrącony przez pędzący na złamanie karku samochód.

Zrezygnował zatem z tego pomysłu i cierpliwie szedł przed siebie, aż w końcu po jakichś dwóch kilometrach ujrzał schody, które doprowadziły go do podziemnego przejścia, i w ten sposób znalazł się po drugiej stronie ulicy. Tutaj było ciszej i bardziej swojsko, ustronnie. Przyglądał się ludziom, którzy mijali go pospiesznie. Wyglądali na zmęczonych, zagonionych, nieobecnych. Nieśli zakupy w wielkich plastikowych torbach; wystawały z nich wiechcie naci z pietruszki i sztywne miotły dojrzałych porów. Po chwili dostrzegł źródło tych nabytków — na bocznym placyku trwał targ, gdzie sprzedawano warzywa, owoce i tanie chińskie towary. Tylko raz dostrzegł kogoś, kto się nie spieszył: na ocembrowaniu nieczynnej fontanny zobaczył dwóch staruszków, którzy w skupieniu grali w szachy. Wystawy sklepowe wyglądały marnie, ceny na towarach były wypisane dużymi cyframi grubym flamastrem. Próbował je przeliczać na lepiej znaną sobie walutę, ale gubił się i w końcu uznał, że nie jest mu to do niczego potrzebne, nie zamierzał przecież robić żadnych zakupów. W hotelowym sklepie nabył już dla żony bransoletkę z bursztynów. Zapewne przepłacił, ale wydała mu się tak piękna, że się nie wahał. Trudno obecnie znaleźć przedmiot, który od razu wpada w oko. Dzisiejsze zakupy przypominają raczej grzebanie w śmieciach.

Słońce chyliło się już powoli ku zachodowi i nagle z wielką mocą zalało ulice. Fasady domów nabrały czerwonego koloru, a każdy najuboższy detal wzbogacał teraz niepokojący brązowy cień, jakby go specjalnie podkreślono ciemną przydymioną kredką do oczu, taką jakiej używała jego żona. Wszystko wydało mu się nagle pełne znaczenia i ukrytych znaków, jak w malarstwie Herriego met de Bles, nad którym ostatnio pracował. Ku swojej wielkiej radości profesor skonstatował, że znalazł się w bardziej przyjaznej części miasta, zapewne tej przeznaczonej dla turystów, zaczęły się bowiem pojawiać kafejki ze stolikami wystawionymi na zewnątrz, a nawet pasiaste markizy. Z wielką ulgą usiadł przy jednym z takich stolików, zamówił kieliszek koniaku i kawę. Miał jeszcze sporo czasu do bankietu i cieszył się, że może pobyć trochę sam, poza tym wielojęzycznym konferencyjnym gwarem i wiecznym skąd-ja-znam-tę-twarz. Koniak okazał się wyborny. Czerwony blask słońca padał na twarz profesora — był miękki, łagodny, lekko grzał; wydawało się, że gdyby dało się go wypić, miałby smak nalewki z dzikiej róży. Po chwili wahania profesor zamówił jeszcze jeden koniak — i paczkę papierosów, choć nie palił już od dawna; teraz jednak miał wrażenie, że czas się cofnął. Wydawało mu się, że znalazł się w dziwnej przestrzeni, gdzie to, co się robi, nie ma następstw, skutku nie poprzedza żadna przyczyna i wszystko trwa w cudownym zawieszeniu — oto ów moment, którego istotę potrafią oddać tylko najwięksi poeci i tylko genialni malarze umieją znaleźć dla niego odpowiednią barwę. On nie umiał, był tylko zwyczajnym, przyzwoitym, choć nieźle wykształconym człowiekiem; mógł jedynie chłonąć ów moment, nurzać się w nim — w tej wielkiej, trudnej do wyobrażenia ufności. Gdy zorientował się, że powinien wracać, zaczęło się już robić ciemno. Słońce zaszło nagle, połknęły je ogromne kontury budynków o tysiącach okien. Zrozumiał, że nie zdąży na bankiet, jeżeli będzie nadal szedł piechotą, dlatego ruszył prosto do najbliższej stacji metra. Przez moment studiował dość skomplikowaną mapę połączeń, aż w końcu rozeznał się, że od hotelu dzielą go zaledwie dwa przystanki. Kupił bilet w automacie i po chwili znalazł się w środku zmęczonego, milczącego tłumu ludzi wracających z pracy. Nikt na nikogo nie patrzył, mechaniczny dudniący głos podawał numery peronów i nazwy stacji w języku, którego nie rozumiał i którego właściwie nie próbował rozumieć, tak bardzo był mu obcy. Przez chwilę rozglądał się, ustalając, w którą stronę ma teraz iść, zawahał się i podążył wraz z tłumem do zjazdu. Ten sam tłum, ciepły i, jak mu się wydało, przyjazny, wepchnął go na nieskończenie długie ruchome schody i teraz jednostajnie przesuwał się w dół, pod powierzchnię, gdzie królowały wielkie marmurowe toporne postaci olbrzymów z atrybutami zawodów — rzeźby, które go naprawdę przerażały. Z ulgą przypomniał sobie, że w hotelu na łóżku leżała już przygotowana czysta koszula.

To właśnie wtedy, gdy był w połowie schodów, ujrzał przewracającą się kobietę i nawet usłyszał głuchy łomot uderzenia jej głowy o postument pomnika. Teraz, klęcząc, delikatnie próbował unieść jej głowę, pod którą podłożył swoją zwiniętą marynarkę.

— Pomocy, pomocy! — krzyknął znowu w tłum, z którego widział tylko nogi i brzuchy. — Proszę wezwać ambulans.

Jakieś dziecko prowadzone za rękę przez dorosłego zajrzało mu przez ramię, ale zaraz zostało odciągnięte. Chwycił jakiegoś mężczyznę za połę kurtki, ale tamten sprytnie wykręcił się z tego chwytu.

— Pomocy! — krzyknął profesor z rozpaczą.

Tłum przewalał się nad nimi, w jego determinacji znać było coś wściekłego, jakby profesor i ofiara próbowali zatrzymać Ziemię w jej obiegu wokół Słońca. Kobietą nagle zaczęły wstrząsać drgawki, więc chwycił ją mocniej, bojąc się, że umiera. Jego biała lniana koszula była już cała we krwi, podobnie jak jego ręce i twarz.

— Policja! — krzyknął z determinacją i dopiero to powszechnie kojarzone słowo sprawiło, że zatrzymał się jakiś mężczyzna, a potem jeszcze jeden. Stali jednak tylko, nie robiąc nic i przyglądając się całej sytuacji z nieodgadnionym wyrazem twarzy.

— Policja, policja! — zaczęli powtarzać gapie, tłum zaś jakby przyspieszył i stał się bardziej nerwowy. Profesor zdał sobie sprawę, że pochylony nad leżącą kobietą mógł wyglądać jak ktoś, kto ją morduje. Próbował więc podnieść się i odsunąć, a wtedy ktoś go potrącił i profesor upadł wprost w ciemną plamę krwi.

Już kilka przynajmniej osób przyglądało się tej scenie, kiedy skądś zaczęło przepychać się ku profesorowi i kobiecie dwóch policjantów. Na mundury mieli założone odblaskowe kamizelki, które odbijały jarzeniowe światło w nierzeczywisty sposób — można było wziąć ich za aniołów i tak też potraktował ich profesor. Kobieta znieruchomiała. Wstał i uświadamiając sobie, że jest czerwony od krwi, spojrzał z ogromną nadzieją na stróżów prawa. Ich twarze były jednak zacięte — wpatrywali się w niego groźnym wzrokiem, zupełnie ignorując ofiarę. Od razu zrozumiał, że biorą go za sprawcę. Najwidoczniej miał rację, bo jeden z policjantów chwycił go za rękę, ścisnął ją boleśnie, a potem wykręcił do tyłu. Profesor krzyknął oburzony tym jawnym przejawem okrutnego nieporozumienia. Dziwne, że w ogóle nie zwracali uwagi na ranną, lecz domagali się od niego dokumentów, chwilę zajęło mu wytłumaczenie gestami, że ma je w marynarce pod głową kobiety. Wskazał na nią ręką — głowa kobiety odrzucona na bok spoczywała wprost na posadzce, a po marynarce nie było śladu. Tymczasem z zewnątrz przeciskało się ku nim trzech potężnych pielęgniarzy z noszami. Profesor widział ich ogolone na łyso głowy i potężne karki. Policjant mimowolnie zwolnił uścisk, patrząc, jak pielęgniarze rozpychali płynący tłum na boki i usiłowali rozstawić nosze. Tłum jednak napierał i pewnie dlatego ramię w zakrwawionej koszuli wyślizgnęło się z żelaznego uścisku policjanta. Odepchnięty przez pielęgniarzy profesor cofnął się, odwrócił i w niewytłumaczalnym przypływie paniki zaczął uciekać.

Najpierw kluczył po podziemnych peronach, a potem innymi schodami ruszył na zewnątrz, przeskakując po kilka stopni i roztrącając ludzi, którzy zresztą i tak rozstępowali się przed nim z obrzydzeniem i strachem. Bali się krwi, budziła w nich grozę. Zmieniali się na twarzy, kiedy ją widzieli, niepomni tego, że przecież taka sama płynie również w ich żyłach ukrytych tuż pod powierzchnią miękkiej i podatnej na zranienia skóry. Profesor uświadomił sobie z przerażeniem, że owa krew może okazać się dla niego śmiertelnie niebezpieczna. Nie wiedział nic o tej kobiecie. Mogła być prostytutką, narkomanką, a w jej ciemnej krwi mogły się kłębić miliony wirusów HIV, które teraz przenikały do organizmu profesora przez mikroskopijne ranki. Przypomniał sobie, że obcinał sobie dzisiaj rano paznokcie i zranił się w kciuk. Spojrzał na to miejsce — było pokryte krzepnącą krwią... Popędził schodami w górę, kobiety na jego widok piszczały i odsuwały się pod ściany, mężczyźni chętnie by go chwycili i wymierzyli mu własną sprawiedliwość, ale bali się go dotknąć. Wielkimi susami dopadł wyjścia z metra, a gdy znalazł się na zewnątrz, pierwszą jego myślą było to, by się jak najszybciej umyć, choćby w pierwszej z brzegu fontannie. Stał na skwerku i rozglądał się spanikowany. Pomyślał o toalecie w metrze, ale za nic nie chciał tam wrócić. Próbował szybko ustalić, gdzie jest, i poczuł głęboką ulgę, kiedy za dachami budynków ujrzał spiczastą sylwetę swojego hotelu. Ruszył w tamtym kierunku bez chwili wahania, niemal biegnąc, z rękami wyciągniętymi przed siebie, jak duch w dziecinnym teatrzyku.

Było już ciemno. Żeby dostać się do hotelu, musiał przejść przez kolejną ruchliwą ulicę. Wiedział już, że od najbliższego przejścia może dzielić go kawał drogi, podjął więc szaloną próbę wykorzystania spowolnienia ruchu samochodów spowodowanego korkiem. Wyczekał na odpowiedni moment i ruszył wprost pod koła sunących pojazdów, które albo się zatrzymywały, albo próbowały go wyminąć, wściekle przy tym trąbiąc. Profesor klepał je po maskach zakrwawionymi dłońmi, co wywoływało jeszcze większą wściekłość kierowców. Jeden z nich, prowadzący czarnego land rovera, miał najwidoczniej refleks szybszy niż inni, bo gdy profesor go mijał, drzwi od strony pasażera nagle się otworzyły i boleśnie walnęły go w bok. Upadł, ale natychmiast spróbował się podnieść, zdając sobie sprawę, że grozi mu śmierć. Samochody zwalniały i omijały podnoszącego się z trudem zakrwawionego człowieka, a kierowcy nie szczędzili mu wrzasków i przekleństw. Gdy, sam nie wiedząc jak, znalazł się po drugiej stronie, pomyślał, że jest uratowany. Został mu do pokonania rozległy skwer pod hotelem, więc z radością ruszył przed siebie, ale wtedy zauważył, że zgubił gdzieś jeden but. Musiało się to stać, gdy upadł uderzony drzwiami land rovera. Kuśtykał więc w jednym bucie, martwiąc się, jak pójdzie na bankiet, nie wziął bowiem na wyjazd zapasowej pary obuwia. Cóż, będzie musiał kupić nowe. Zresztą bankiet już się chyba zaczynał. Trudno, spóźni się. Gdy przyjdzie, będzie już po przemowach.

Kuśtykając w jednym bucie, dotarł do przeszklonych drzwi hotelu, ale tu zastąpił mu drogę rosły, barczysty portier w liberii przypominającej mundur wojsk jakiegoś operetkowego państwa. Widział profesora kilka razy, także dziś rano, lecz widocznie go nie poznał. Profesor nie zamierzał się cofnąć. Wyjaśnił, że mieszka w pokoju 1138 i jest uczestnikiem konferencji. Strażnik skonfundowany jego płynnym angielskim zawahał się w swoim nieprzejednaniu i rezolutnie zażądał paszportu. Profesor uświadomił sobie wtedy z przerażeniem, że przecież nie ma marynarki, a zatem nie ma również paszportu. Sięgnął na wszelki wypadek do kieszeni spodni, najpierw tylnej, a potem obu przednich, ale znalazł tam jedynie garść miejscowych monet, bilet metra oraz napoczętą paczuszkę gumy do żucia o cytrynowym smaku. Strażnik popatrzył na niego ironicznie, a na jego twarzy wykwitł pełen satysfakcji uśmiech. Złapał go za kark, jak rzezimieszka, i wierzgającego wyprowadził na skwer, gdzie dał mu tak silnego kopniaka w tyłek, że profesor upadł i długo nie mógł się podnieść.

Z bólu, poniżenia i bezsilności oczy wypełniły mu się łzami — nie umiał powstrzymać szlochu. Nie płakał od wielu, wielu lat i zapomniał już, jaką to potrafi przynieść ulgę. Płacząc, uspokoił się — można by powiedzieć, że jego łódź płynąca po morzu łez przybiła do jakiegoś brzegu i kołysanie ustało. Przycumował oto do zupełnie nowej, nieoczekiwanej sytuacji i rozciągał się przed nim nieznany ląd. Musi sobie poradzić.

Siedząc w ciemnościach — skwer był ciemny, jak niemal wszystko w tym niedoświetlonym mieście — zastanawiał się, co najlepiej zrobić. Gdyby nie zginęła mu marynarka, mógłby zadzwonić, ale razem z nią obok paszportu i kart kredytowych przepadł jego telefon. Postanowił dostać się na tę stronę hotelu, gdzie, jak przypuszczał, mógł odbywać się bankiet. Tam może uda mu się jakoś zawiadomić kolegów. Niektórzy z nich wciąż palili, pewnie wyjdą na papierosa na jakiś taras, balkon czy nawet do ogrodu... Ruszył przed siebie, uważnie wypatrując w bryle hotelu oświetlonych okien. Cały niemal jego parter poza holem zajmowały restauracje, bar i sale konferencyjne, ale większość okien była ciemna. Po swojej lewej stronie zobaczył grupę młodych mężczyzn skupionych pod jedną z niewielu czynnych latarni. Pokrzykiwali do siebie, chyba w coś grali. Znieruchomiał, nie chcąc zdradzić swojej obecności, a potem bezszelestnie przemknął pod mur, przy którym posuwał się dalej. Doszedł w ten sposób na drugą stronę hotelu i wtedy ujrzał wielkie oświetlone przeszklone ściany restauracji, w której odbywał się bankiet.

Był tak poruszony, że omal nie popłakał się po raz wtóry. Stojąc pod ścianą, niewiele widział, lecz cofnąwszy się trochę w głąb skweru, porośniętego tutaj kłującymi irgami, które właśnie kwitły i wydzielały niesamowity zapach miodu zmieszany z wonią czegoś cierpkiego i gnijącego, mógł zobaczyć więcej. Owionięty owym zapachem profesor widział z tej odległości realistyczny obraz obramowany pionowymi liniami budynku, oprawiony w szkło elewacji. Wokół wysokich wąskich stolików przykrytych białymi obrusami stali elegancko ubrani ludzie; jedli, rozmawiali — ich głowy nachylały się do siebie, a potem odchylały do tyłu, zapewne w odruchu zdrowego śmiechu, ręce dotykały barków rozmówców, poklepywały je przyjaźnie. Między stolikami krążyli wyfraczeni kelnerzy, zwinni i szczupli, z jedną ręką ukrytą za plecami, w drugiej trzymali tace pełne drinków. Ten obraz o stonowanych barwach wydał mu się nowoczesną minimalistyczną aluzją do Brueghla: ludzie zajęci odwiecznymi drobnostkami, festyn sprawek do załatwienia, święto powierzchowności... Profesor szukał rozpaczliwie znajomych postaci; nie miał bowiem pewności, czy to właśnie ten bankiet — hotel był ogromny i z pewnością mogło w nim odbywać się wiele takich konferencji jak ta, w której uczestniczył.

Przesunął się jeszcze trochę, żeby zobaczyć, dokąd idą ci, którzy odchodzili od stolików. Znikali na chwilę, a potem pojawiali się znowu w narożnym pomieszczeniu z przeszklonymi zewnętrznymi ścianami, które wyglądało trochę jak akwarium. Była to palarnia. Tam zobaczył profesora G., specjalistę od obiektów platonicznych i nieplatonicznych w europejskim malarstwie XX wieku. Mimo że nie zawsze zgadzał się z jego tezami, teraz jego widok nadzwyczaj go ucieszył. Była to pierwsza znajoma twarz od kilku godzin. G. palił cygaretki, profesor wiedział o tym, choć z miejsca, gdzie stał, nie można było tego zobaczyć. Widział tylko zamaszysty ruch ręki G. i jego głowę zwracającą się lekko do góry, gdy wypuszczał dym. Musiał się pospieszyć, cygaretki nie pali się bez końca. Pokuśtykał więc szybko w tamtą stronę i stanął na wprost palarni, licząc, że zostanie dostrzeżony, ale nie miało to żadnego sensu — był za nisko. Musiał znowu cofnąć się na skwer. Gdy wreszcie zajął w miarę dogodny punkt, G. właśnie gasił cygaretkę; potem, objąwszy przyjaznym gestem plecy kolegi, odwrócił się do wyjścia. Zrozpaczony profesor podniósł czym prędzej pierwszy lepszy kamyk i wziąwszy rozmach, rzucił nim w kierunku akwarium. Odległość była jednak za duża. Wściekły i zdeterminowany postanowił jeszcze raz podjąć próbę sforsowania drzwi, nie doszedł jednak nawet do placyku przed nimi. Portier zajęty witaniem jakiejś bogato ubranej, obwieszonej biżuterią kobiety na niebotycznych obcasach nawet na niego nie spojrzał. Wcześniej interweniowało dwóch ochroniarzy z bronią przypiętą do pasa — jeden z nich wykręcił mu boleśnie rękę (wydawało mu się, że usłyszał chrupnięcie) i zaraz z obrzydzeniem go puścił. Profesor upadł i czym prędzej poczołgał się w kolczaste irgi. Wiedział, że za wszelką cenę powinien pozbyć się zakrwawionej koszuli i że musi też się jakoś umyć. Patrzył z krzaków, jak ochroniarze ze wstrętem i obrzydzeniem wycierają ręce z krwi — pomyślał, że cokolwiek nosiła w sobie kobieta z metra, jest już teraz w nim. Kawałkiem czystego mankietu przetarł sobie twarz koło ust i oczu. Przypomniało mu się, że rano widział z hotelowego okna fontannę i postanowił ją odszukać.

Starannie zorientowawszy się w swoim położeniu, obmyślił sposób dostania się do niej. Nie było to łatwe, musiał bowiem wejść w plamę światła rzucanego przez lampy, które oświetlały bijącą wysoko wodę, a także przejść koło podejrzanych typów grających na kamiennym murku w warcaby czy inną prostą grę. Należało jednak działać. Ściągnął koszulę i upchnął ją w krzakach. Owiało go zimno, a jego plecy natychmiast pokryły się gęsią skórką. Trzymając się cienia, sunął na czworakach w stronę fontanny i zawahał się dopiero tam, gdzie przebiegała ostra krawędź oświetlonej powierzchni. Wsunął w nią głowę i uznał, że nie zostanie zauważony. Sprężył się do skoku i w ciągu kilku sekund znalazł się przy fontannie. Udało mu się wejść do wody, jej chłód odebrał mu oddech. Zaczął gorączkowo zmywać z siebie zakrzepłą już krew, szorował swoje półnagie ciało palcami, a w końcu ściągnął spodnie, które zabarwiły wodę na czerwono — jej strumień wyskakujący rytmicznie w niebo pociemniał i w świetle designerskich lamp zalśnił purpurowo. Mokry, nagi człowiek ujrzał z daleka biegnących w jego kierunku znienawidzonych ochroniarzy, zobaczył też, jak zrywają się i ruszają ku niemu gracze. Rozłożył ręce — chciał wydobyć z siebie krzyk i uderzyć nim w wielkie rozświetlone cielsko hotelu, ale jego ściśnięte z zimna gardło zdolne było wydać zaledwie pisk czy skomlenie. Jemu jednak wydawało się, że krzyczy, a ten krzyk, czysty i mocny, odbijając się od tysięcy szyb budynku, szybuje w brudne pożółkłe niebo nad tym wielkim miastem i przywołuje je całe do porządku.

Tymczasem dopadli go hotelowi ochroniarze, wyciągnęli z wody i rzucili na kolana. Gracze dobiegli zaraz potem — nie mogli się powstrzymać, żeby nie kopnąć kilka razy tego zziębniętego i bezczelnie nagiego ciała. A ono nawet nie jęknęło, bezgłose i szczękające zębami. Debatowano nad nim przez chwilę, a potem chwyciwszy je pod ramiona, zawleczono w odpowiednie miejsce.

Serce

Państwo M. wrócili z wakacji wcześniej niż zwykle. On wyglądał na zmęczonego, a nawet chorego. Od dawna uskarżał się na serce i żył chyba już tylko dzięki różnego rodzaju dietom, które wykluczały z menu raz to, raz tamto, zgodnie z kolejnymi teoriami specjalistów od żywienia, które coraz śmielej nawiązywały do historii ewolucji, teorii klas społecznych, psychoanalizy i tak dalej. Ale przede wszystkim pan M. żył dzięki potężnej opiekuńczej sile swej żony.

Była fryzjerką, nie żadną stylistką fryzur, dizajnerką włosów, a tym bardziej właścicielką Kliniki Włosów czy Manufaktury Fryzur. Nie, po prostu strzygła, skracała, myła, farbowała i czesała. Pracowała w renomowanym zakładzie w samym centrum miasta i miała swoich klientów. Niestety, opuszczała ich co roku na kilka miesięcy, od listopada do kwietnia. Wtedy to państwo M. zaciągali zasłony w mieszkaniu i jechali do Azji. On, zażywny, choć zawsze nieco blady, był kiedyś właścicielem dużego, dobrze prosperującego warsztatu samochodowego, ale po zawale nie mógł go już prowadzić, więc sprzedał interes, pieniądze dobrze ulokował i — jak mówiło się wśród sąsiadów — żył z procentów. Państwo M. twierdzili, że utrzymanie w Azji jest tanie, a zimy w Europie drogie i depresyjne.

— Na zimę, proszę pani — powtarzała nie raz pani M., nakładając farby na cienkie włosy swoich stałych klientek — na zimę Europę powinno się zamykać na cztery spusty. Zostawaliby tylko ci, którzy opiekują się sprzętem i doglądają elektrowni. A i one pracowałyby na pół gwizdka.

Był to jakiś pomysł na świat, trzeba przyznać.

Ludzie trochę zazdrościli im takiego stylu życia i tych wszystkich podróży, ale ponieważ nie widzieli ich na co dzień, szybko o nich zapominali, tym bardziej że nie lubili myśleć o tych, którym się dobrze powodzi. I już na początku grudnia, kiedy wyciągano z piwnic sztuczne choinki i przystrajano domy światełkami, nikt nie pamiętał o państwu M.

Tymczasem oni wynajmowali mały bungalow z dziurawymi ścianami i zardzewiałym prysznicem gdzieś na Phuket w Tajlandii. Zaopatrzeni w spirytusowe kuchenki i przenośne lodówki wiedli żywot wiecznych turystów, równie nudny jak wszystko, co staje się rutyną. Podłączali się laptopem do sieci, sprawdzali stan konta, kurs akcji, które zakupili, i upewniali się co do ważności ubezpieczenia zdrowotnego. Nie interesowały ich ani polityka, ani wydarzenia kulturalne. Nie chodzili do kina ani do teatru, choć, owszem, oglądali co nieco na YouTubie i nieuważnie zwiedzali miejscowe muzea. Dzięki bookcrossingowi brali książki, które po przeczytaniu natychmiast wymieniali na inne, nie przywiązując się do żadnej frazy, stylu czy opowieści.

Niestety, stan serca pana M. był coraz gorszy — lekarz użył nawet określenia „tragiczny" — i oboje małżonkowie zdawali sobie sprawę, że ich życie będzie musiało się zmienić. Dlatego ostatniej zimy nie pojechali na Phuket ani na Sri Lankę, ani do taniej jak barszcz Indonezji, lecz polecieli samolotem w pewne miejsce, którego nazwy zobowiązali się nie ujawniać. Znaczna część akcji już wcześniej została spieniężona, żeby opłacić pobyt w nowoczesnym, sterylnym szpitalu w południowych Chinach, gdzie pan M. mógł dostać nowe serce.

Dostarczono je w odpowiednim czasie, zgodność tkankowa była doskonała i zabieg się udał. Stare serce, to europejskie, spalono w szpitalnym krematorium, choć przez moment żona pana M. myślała o tym, żeby je jednak zachować i jakoś zabrać do domu. M. przypominał sobie, że miał spytać, od kogo pochodzi nowe serce i co przydarzyło się człowiekowi, od którego je dostał. Tak, miał o to zapytać, ale nie pamiętał, czy w końcu to zrobił, czy w ogóle była mowa o dawcy. Coś na ten temat wspomniano ogólnie, ale potem wyszły jakieś inne sprawy. Może nawet nie chciał pytać o dawcę, może w tym szpitalu byłoby to źle widziane. Zresztą nie należało oczekiwać po nim zbyt wiele; był chory. Czuł się kiepsko, miał zawroty głowy i ciągle z niepokojem nadsłuchiwał, jak bije jego nowe serce. Wydawało mu się, że robi to inaczej, jakoś ciężko, jakby biegł, jakby uciekał.

Wiosna w Europie rozprzestrzenia się falami. Kiełkuje w południowych Włoszech i Hiszpanii i posuwa się dyskretnie na północ, nie wiedzieć jakimi drogami czy sposobami. W marcu jest już na południu Francji i w Grecji, w kwietniu wybucha w Szwajcarii i na Bałkanach, w maju kwitnie w Niemczech i środkowej Europie, żeby na początku czerwca spełnić się w Skandynawii.

Pan M. czuje się już dobrze. Musi się jednak oszczędzać, a kiedy wychodzi na ulice swojego europejskiego miasta, nosi białą maseczkę na ustach i nosie. Rana się goi, przypomina próbny szkic do nowego szczęśliwego życia, wybrzuszony relief, który na razie zostaje tylko na papierze ciała. Ma poczucie dziwnego zawieszenia, tak jak to było w dzieciństwie, kiedy przestrzenie wokół niego jeszcze nie zostały zapełnione znaczeniami i każde zdarzenie wydawało się jedyne i niepowtarzalne. Oto stadko gołębi zrywa się z trawnika i przelatuje za budynki na jakiś inny plac. Ich skrzydła powodują ruch powietrza, drobinki kurzu podnoszą się i opadają, niby żołnierze za wcześnie wezwani do walki i nagle rozpuszczeni do domu. Pan M. wszystko traktuje teraz jako znak.

Kroczy doskonale wtopiony w krajobraz swojego miasta. Świat okrywa go jak dobrze skrojony garnitur, jest na jego miarę, ku jego nieskończonej wygodzie. Pan M. nie ma skłonności do górnolotnych określeń, zawsze zajmował się maszynami, jego umysł jest precyzyjny i pragmatyczny, dlatego nie używa słowa „szczęście", ale raczej „satysfakcja".

Niby wszystko poszło dobrze, ale w jakiś czas po operacji pan M. zaczął źle sypiać. Leżał w półśnie jakby w gęstej galarecie pełnej dziwnych obrazów, majaków, dalekich niewyraźnych dźwięków. A wszystko to sprawiało, iż ogarniał go lęk — tym straszniejszy, że nie mógł się ruszyć. Za dnia ów lęk chował się gdzieś w pościeli i stamtąd miał pana M. na oku. A w nocy — znowu to samo, do rana... W półmroku pokoju, do którego zaczynało już wpadać szare światło świtu, wyciągał przed siebie dłonie i zastanawiał się, dlaczego właściwie ma pięć palców, a nie sześć czy cztery. Dlaczego na świecie zawsze jednym wszystkiego brakuje, a drudzy opędzają się od nadmiaru? Dlaczego dzieciństwo trwa tak niewspółmiernie długo, że nie starcza potem czasu na dorosłość, na refleksję i na to, żeby uczyć się na własnych błędach? Dlaczego ludzie, choć chcą robić dobrze, robią źle? I dlaczego tak trudno po prostu być szczęśliwym? Oczywiście nie znajdował odpowiedzi na te pytania.

Trudno stwierdzić, kiedy i dlaczego zaczęły się pojawiać w jego życiu dziwne, brzemienne momenty, gdy nagle wzbudzała się w nim wola, której przedtem nie znał. Były to momenty, w których miał potrzebę mówić: „chcę". Wypełniała go myśl silniejsza niż inne — miała naturę zegarowej sprężyny, rozwijała się w nim z wewnętrzną siłą, której nic nie potrafiło zatrzymać, może poza uspokajającym dotykiem jego żony, lekiem o nazwie xanax i snem, jeżeli przychodził. „Chcę" było lepką łapą, która ni stąd, ni zowąd chwytała się jakiejś idei. Albo pomysłu. Albo rzeczy. Na przykład zapragnął nagle kolorów i zupełnie nie wiedział, jak ma nakarmić ten niespodziewany głód. Kupił sobie album Marka Rothko, bo tylko to znalazł w eleganckiej, minimalistycznie urządzonej księgarni w jego dzielnicy. Ale nie umiał się nasycić tym, co zobaczył na kartach albumu. Wzrok ślizgał się po błyszczącej powierzchni reprodukcji i niezaspokojony szybował w stronę nieba. Kupił też żonie kolorową sukienkę, ale i ona wydała mu się jakaś banalna. Chętnie zresztą sam by ją włożył. Tak, przyznawał się do tego: sam by ją włożył. Przyszła mu też ochota na ciszę — i jeszcze coś w tej ciszy niesprecyzowanego, jakiś jeden dźwięk, który miałby ją podkreślać, ale nawet nie umiał go nazwać.

W sierpniu wiedzieli już, że pojadą do Tajlandii, do tego łagodnego buddyjskiego królestwa, które kojarzyło im się z gładkością i słodyczą mleka kokosowego. Już zabukowali bilety i zarezerwowali domek, tym razem w lepszym standardzie, z łazienką i kuchenką. Nie zaczęli się jeszcze pakować, bo byli przyzwyczajeni robić to w przeddzień wyjazdu; zmieścić to, co chcieli zabrać, w dwa plecaki i dwie podręczne walizki — bułka z masłem.

Ale na początku września M. poczuł owo przemożne „chcę" i odtąd siedział przy monitorze komputera, oglądając w nieskończoność to samo — informacje o Chinach.

Kilka dni potem byli już częścią rozległego, pełnego kurzu krajobrazu chińskiego buddyjskiego Południa. Z okien topornego, urządzonego meblami z poprzedniego wieku hotelu zobaczyli tutejszy świt — słońce wznosiło się z trudem ponad zamazany horyzont i brnęło do góry w gęstym, brudnym powietrzu. Szeroką nieutwardzoną drogą jechały setki ludzi na rowerach. Ich twarze wydawały się jednakowe. Wydobywali się ze stojących wszędzie małych, rozkraczonych, krytych blachą domków. Zakutani w grube pikowane niebieskawoszare kurtki, bez słowa podążali wszyscy w jednym kierunku, gdzieś w stronę dalekich gór.

Państwo M. wynajęli stary samochód i tłumaczkę-przewodniczkę, panią Liu, która zawsze z nieodłączną reklamówką i z nieodgadnionym wyrazem twarzy oddawała im do dyspozycji swój czas i swoje talenty lingwistyczne. Obwiozła ich po nielicznych zabytkach tej monotonnej krainy, recytując wyjaśnienia i czytając inskrypcje typu: „Podobnie jak nadmierne poczucie błogości zwiastuje nadejście szału, poczucie bezpieczeństwa wyprzedza szybki cios klęski". Te inskrypcje w większości przerażały pana M. — wydawało się, że dotykają każdego aspektu życia, nic im nie umykało. Pani Liu opowiadała im całkiem przyzwoitą angielszczyzną najbardziej znane buddyjskie historie. A że miała chroniczny katar, nieustannie siąkała nos, przez co był on czerwony i przypominał, że istnieją rzeczy banalne i trywialne, nieporównywalne z enigmatycznością koanów i bezwzględnością praw karmy.

Już pierwszego dnia swoich wycieczek dotarli do małej świątyni, o której nie mogli dowiedzieć się niczego więcej ponad to, że jest stara i godna uwagi. Były tam warsztaty produkujące zapisane piękną kaligrafią płachty ryżowego papieru. Mimo to klasztor wyglądał na podupadły i pustawy. Tylko kilku mężczyzn kręciło się między budynkami, ale zapewne nie byli to mnisi, bo nosili szare kufajki, jak wszyscy w tych okolicach.

— Dawno, dawno temu — opowiadała pani Liu — w tym klasztorze żył pewien mnich, człowiek oświecony i niezwykle mądry.

Wysmarkała nos w chusteczkę higieniczną i spojrzała na nich tak, jakby błagała o litość.

— Nazywał się Yao. Mówiło się o nim, że potrafi spoglądać poprzez czas. Że widzi porządek koła wcieleń. Kiedyś wędrując, zatrzymał się, by odpocząć, i ujrzał kobietę, która siedziała z dzieckiem przy piersi i jadła rybę, starannie obierając ją z ości, resztki zaś rzucała bezdomnemu psu. A gdy zabiedzony i chudy pies, zachęcony taką nieoczekiwaną szczodrobliwością, stawał się coraz bardziej natarczywy, kobieta odpędzała go kopniakami. Widząc to, mnich Yao wybuchnął śmiechem. Uczniowie, którzy mu towarzyszyli, popatrzyli na niego ze zdumieniem. „Mistrzu, dlaczego się śmiejesz? Nie ma w tym nic śmiesznego". „Tak, macie rację, moi uczniowie, odpowiedział mnich Yao, a jednak nie potrafię powstrzymać śmiechu. Czy widzieliście kiedyś, żeby pożerać ciało ojca, kopiąc zarazem własną matkę? Ogryzać szkielet ojca, karmiąc piersią jednocześnie śmiertelnego wroga? Jakimże żałosnym i okrutnym widowiskiem jest koło wcieleń".

Pani Liu wyrecytowała tę opowieść, jak dziecko dumne z wierszyka, którego nauczyło się na pamięć na akademię, a potem spojrzała na nich niepewna, czy zrozumieli. Widocznie miała złe doświadczenia z turystami. Uśmiechnęli się, kiwając w zadumie głowami. To ją uspokoiło. Po chwili dała im do zrozumienia, że przyszedł czas na obiad.

Zjedli go w miejscowej restauracji, której milczący właściciel znalazł im trzy miejsca w rogu wielkiego pomieszczenia. Dzióbali nijaką potrawę śliską od mąki ziemniaczanej i pełną glutaminianu sodu. M. przygasł, wciąż dochodził do siebie po jet lagu — próbował umiejscowić się w tym płytkim, powierzchownym czasie, który otaczał ich ze wszystkich stron, nie pozwalając się w sobie rozgościć. Nadal nie rozumiał, dlaczego jego „chcę" przywiodło go do tego miejsca.

Nagle coś wyrwało go z zamyślenia. I ni stąd, ni zowąd pan M. zapytał przewodniczkę o więzienia — czy są jakieś w pobliżu... Zaskoczona, na dłuższą chwilę wlepiła wzrok w jego wąskie usta.

— Chce pan zwiedzać więzienia? — zapytała z sarkazmem, w którym pobrzmiewało głębokie rozczarowanie.

Następnego dnia już się nie pojawiła.

— Po cośmy tutaj przyjechali — narzekała pani M. — Tu jest zimno i brzydko.

Pan M. nie wiedział, co odpowiedzieć. Sprawiał wrażenie, jakby węszył, oczekując na wiatr, który rozgoni wszechobecny kurz i coś zmieni. Trzeciego dnia znaleźli w urywającym się wciąż Internecie wzmiankę o sławnym niegdyś buddyjskim klasztorze, dzisiaj już zapomnianym. Pan M. niczego nie był pewny, także i tego, co robić i dokąd pojechać, ale czwartego dnia poczuł znowu to swoje „chcę". Cisnęło na mostek od środka, budziło niepokój. Mówiło: „No, już, dawaj, rusz się". Stało w gardle, choć co rusz próbował je połknąć. M. zapakowali więc swój bagaż i ruszyli przed siebie, nieuchronnie orbitując w stronę zapomnianego klasztoru.

Jechali nierównymi, zaniedbanymi drogami w górę. Krajobraz zmieniał się, takie same pozostawały tylko pokryte blachą domki, niestarannie zbudowane magazyny i przystanki podobne jeden do drugiego. Sploty skłębionych kabli biegły przy drodze, łącząc domy siecią, lecz im byli wyżej, tym te sploty robiły się cieńsze, aż w końcu wzdłuż drogi ciągnął się pojedynczy rachityczny kabel prowadzący, jak i ona, w stronę gór. W pewnym momencie i droga, i kabel skończyły się — wtedy trzeba było pokonać płytki strumień. Za nim wznosiło się kilka zabudowań o wygiętych na rogach, strojnych dachach, w pobliżu stała też mała dzwonnica, w której jednak zamiast dzwonu wisiał wielki mosiężny gong. Wysiedli. Wiatr niósł skądś zapach spalenizny o ledwie wyczuwalnej chemicznej nucie. Tu właśnie był ów klasztor. Na szutrowym parkingu stał tylko jeden samochód z miejscową rejestracją, zaparkowali obok niego i niepewnie ruszyli ku głównym budynkom.

Szybko okazało się, że nie ma tu nikogo, kto zechciałby ich oprowadzić. Może w sezonie pojawiali się w klasztorze turyści i wierni, ale teraz widocznie było już dla nich zbyt zimno. Jedyne drzewo — ogromne, największe, jakie widzieli w ciągu całego pobytu w Chinach — rosło na samym środku dziedzińca; to, że przetrwało ostatnie sto lat, wydawało się cudem. Był to miłorząb japoński, gingko biloba — wyniosły, o potężnym pniu i oszałamiającej koronie.

Próbowali porozumieć się na migi ze starym, niezbyt zainteresowanym nimi człowiekiem, który zaraz zniknął, ale po chwili pojawił się znowu z innym, młodym, w mundurze. Żołnierz miał najpewniej nie więcej niż siedemnaście lat, z gładką twarzą i łagodnymi oczami w kształcie migdałów wyglądał dziecięco.

— Może tłumaczyć — powiedział łamanym angielskim, wskazując na siebie. — Zaprowadzić do mistrza. Klasztor bardzo stary. O, jaki stary. To drzewo tutaj też jest święte. Mnisi podlewają je tym, co sami zrobią. — Roześmiał się, odsłaniając drobne zęby na długich połyskujących dziąsłach. — No wiecie — i zaczął naśladować dźwięki wypróżniania się.

Okazało się, że niedaleko stacjonuje jednostka wojskowa i klasztor prowadzi z nią jakieś drobne interesy, gdy trzeba coś przywieźć, podać, przekazać... Starszy mężczyzna uznał, że żołnierz może także posłużyć za tłumacza. Teraz trzymał się z boku, choć czasami podrzucał młodemu jakieś chińskie słowo. Dowiedzieli się, że w klasztorze jest szesnastu mnichów i słynna rzeźba buddy współczucia zwanego Mile, która znajduje się w największej świątyni. Żeby tam dotrzeć, trzeba jednak przejść przez te mniejsze świątynie. Szli więc od jednej do drugiej, wspinali się po kamiennych schodach, zdejmowali buty i stawali zachwyceni przed kolejnymi posągami, nie rozumiejąc tego, co widzieli: symboli, chorągwi, papierowych złoto-czerwonych arkuszy zapisanych znakami, które przypominały wielkie rozgniecione pająki. Wędrówka trwała długo, ponieważ żołnierz, który miał tłumaczyć, więcej milczał, niż mówił, szukał ciągle właściwych słów w swoim ubogim słowniku, a także za każdym razem rozsznurowywał i zasznurowywał swoje ciężkie żołnierskie buty. Chodzenie w niezasznurowanych butach, choćby tylko z jednej świątyni do drugiej, kilkadziesiąt metrów, nie przystoi żołnierzowi Chińskiej Armii. Sznurunek musiał być przy tym doskonały, perfekcyjny. Podchodzili do tego z wyrozumiałością, a po kilku powtórzeniach znali już na pamięć przemyślny system przeciągania sznurówek przez dziurki.

Gdy wreszcie dotarli do ostatniej i największej świątyni, zaczął zapadać zmierzch. Wewnątrz wymalowanego na czerwono drewnianego budynku ujrzeli coś zupełnie innego, niż się spodziewali. Na tronie siedziała wyrzeźbiona w drewnie złota postać, tu i ówdzie poczerniała od dymu kadzideł. Nie przypominała w niczym posążków Buddy, do których przywykli już w tej podróży. Był to nie ów zdumiewający grubas uśmiechający się szeroko, prostacki i sprośny, lecz szczupła androgyne, z prawą stopą zarzuconą niedbale za kolano lewej nogi, spuszczonej z tronu w dół. Nie patrzyła na wprost, jak to miały w zwyczaju inne rzeźby, jakby pragnące złowić swoim wzrokiem jakiegoś wiernego, ale w dół, w punkt przed swoimi stopami. Głowa o skupionej twarzy wspierała się na dłoni prawej ręki opartej łokciem o prawe kolano. Mieli wrażenie, że zastali bodhisattwę w intymnej chwili namysłu, akurat w momencie, gdy czeka na coś — na autobus albo kolejną kalpę, w której będzie mógł dokonać całkowitego odnowienia. Żołnierz stojący przy nich westchnął i powiedział:

— On przyjdzie. Przyszłość. Piękna przyszłość, kiedy on przyjdzie.

Pani M. zapytała, kiedy to ma nastąpić, a wtedy żołnierz zrobił minę, która niewątpliwie miała wyrażać szmat czasu nieobejmowalny rozumem.

Zapalili kadzidła i złożyli powolny głęboki pokłon.

Gdy żołnierz zasznurowywał buty, pojawił się znów starszy mężczyzna i poprowadził ich ścieżką w górę nad klasztor, gdzie przez rzadkie krzewy widać było niepozorne drewniane budynki. Żołnierz powlókł się za nimi.

— Co to za mistrz? — próbował się dowiedzieć M., ale nie było sposobu, żeby dostać sensowną odpowiedź.

— Oko na głowie — powtarzał tylko ich przypadkowy tłumacz i tajemniczo kiwał głową.

Przywitał ich szczupły, siwy, krótko ostrzyżony mężczyzna w ciemnoszarej pikowanej kufajce i szarych, za luźnych spodniach. Przytomna pani M. wręczyła mu bombonierkę belgijskich czekoladek, ten dar ucieszył gospodarza. Mężczyźni wymienili ze sobą kilka zdań — państwo M. oczywiście nic z tego nie zrozumieli, nie było jednak wątpliwości, że mówiono o nich. Usiedli na zewnątrz przed prostą chałupą z małym, ręcznie skleconym z desek gankiem. Na ziemi zbudowano z kamieni małe palenisko, na którym teraz stał ciemnoczerwony sagan pogwizdujący nierównomiernie. Gospodarz zalał wrzątkiem herbatę w nieco obtłuczonym czajniczku i uśmiechnął się z zadowoleniem. Powiedział coś do żołnierza, a tamten odezwał się:

— Możecie już pytać. Jest gotowy.

Nie zrozumieli.

— O co mamy pytać?

— O co chcecie. Macie chyba jakieś pytania. Tu przynosić pytania. On wszystko wie i wszystko wyjaśni.

Państwo M. spojrzeli na siebie. W jej wzroku była zachęta, żeby to on pytał, bo przecież znaleźli się tu z jego powodu, jemu zaś przyszło do głowy jedno najprostsze pytanie: Czy umrze? Było to najgłupsze pytanie świata, więc go nie zadał. Był na siebie zły o to, że zapomniał o wszystkich swoich zapiskach i uwagach, o tych stanach niepewności, o myślach, które gnębiły go po nocach... Wtedy odezwała się jego żona, zapytała człowieka od herbaty, kim on jest. Żołnierz przetłumaczył pytanie zadowolony z siebie, a tamten od razu uśmiechnął się i podkładając do ognia, powiedział coś, co wydawało się dłuższe niż zwyczajowa odpowiedź. Po chwili żołnierz przetłumaczył.

— Prosty człowiek, co ma oko na czubku głowy. Mnich. Mówić, że mnich z okiem na głowie, ale słowa nie mieć, żeby odpowiedzieć. Dużo czasu brakuje. Mało czasu się rodzi.

Pan M. pozbierał myśli i był gotów zadać swoje pierwsze pytanie. Przypomniało mu się ich więcej:

— Dlaczego na świecie wszystkiego brakuje? Dlaczego nie starcza dla wszystkich?

Żołnierz popatrzył na niego skupionym wzrokiem i panu M. wydawało się, że wyczuwa w nim jakąś niechęć. Potem zaczął coś mówić do mnicha. Mnich bawił się kijkiem, którym rozgarniał żarzące się węgielki, żeby je zaraz zagarnąć na kupkę. Powiedział kilka zdań spokojnym głosem, a potem końcem rozżarzonego kijka narysował w powietrzu okrąg.

— Boli — przetłumaczył żołnierz. — Każdy człowiek boli i każda istota boli.

W tym momencie jakby zaciął się, patrzył z natężeniem na M. i jego żonę, jakby chciał na nich wymusić zrozumienie tej prostej kwestii.

— Nic nie ma — dodał bezradnie.

Mnich pokiwał głową, a potem uśmiechnął się.

— Kto mi dał moje serce? — zapytał pan M.

— Serce? — dopytał żołnierz, nie zrozumiawszy, co mężczyzna miał na myśli.

M. wskazał na swoją klatkę piersiową.

— Człowiek, który dał mi serce, mógł pochodzić gdzieś stąd. Czy mu je zabrano? Co mam z tym zrobić? — uznał, że nie będzie wyjaśniał niczego więcej, skoro tamten i tak wie wszystko.

Żołnierz z nagłą żarliwością powiedział coś do mnicha, a ten uniósł brwi. Też wskazał na swoje serce. W jego wzroku nagle zagościło zwątpienie. Milczał, dolewając im herbaty, która smakowała gorzko, ziołami. Potem zaczął mówić, ale nie czekał już na żadne tłumaczenie. Mówił i mówił, jakby coś recytował, jakby czarował nad tym czajniczkiem z herbatą — dość cicho, tak że trzeba było trwać w bezruchu, prawie nie oddychając, by dosłyszeć brzmienie poszczególnych wyrazów. Po chwili pan M. rozluźnił się. Głos mnicha działał na niego uspokajająco. Żołnierz wiercił się, czując najwyraźniej dyskomfort, że zaniedbuje swoją pracę. Próbował nawet nieśmiało przerwać mnichowi, ale ten powstrzymał go ruchem ręki, jakby odpędzał natrętną muchę. Może wierzył, że melodia chińskiego języka uruchomi w przybyszach nieużywane do tej pory połączenia mózgowe, wzbudzi jakieś impulsy i tłumaczenie stanie się niepotrzebne. Skoro wszyscy mamy naturę buddy... Ale państwo M. nic nie rozumieli. Żołnierz bezradnie wzruszył ramionami, a potem zaczął poprawiać sznurówki swoich wojskowych butów.

Mnich skończył, żar w palenisku pociemniał i stał się krwistoczerwony.

— Jest późno, musimy iść — powiedziała pani M., kiedy zrozumiała, że nic więcej się tu nie wydarzy.

Wstała, a jej mąż niechętnie podążył za nią.

Wracali w dół po ciemku, ich stopy obute w najlepsze buty do górskich wędrówek osuwały się po stoku, jako że ścieżki rozmiękły w wilgotną breję. Nogawki ich spodni znaczyło szare błoto.

Zapłacili żołnierzowi więcej, niż się spodziewał, a on podziękował wzruszony, ale i niezadowolony z siebie, zawstydzony.

Tego wieczoru pakowali się w milczeniu. W nocy pana M. znowu męczyły koszmary, leżał w nagrzanym dusznym powietrzu hotelowego pokoju i jedynym ratunkiem wydawało mu się po prostu patrzenie w ciemność. Rano ruszyli na lotnisko, a potem dalej, tam gdzie o tej porze roku było ich miejsce — do Tajlandii. Spędzili resztę tej zimy względnie spokojnie, głównie wylegując się na plaży i sprawdzając w Internecie stan swojego konta. Na wiosnę wrócili do Europy, żeby z powagą wziąć w posiadanie swoje życie.

Transfugium

Gdy wyjeżdża z postoju, auto-auto zadaje jej kilka rutynowych pytań — między innymi czy życzy sobie muzykę i jaką albo czy podnieść bądź obniżyć temperaturę wewnątrz i czy nasycić powietrze jakimś zapachem. Dodaje też, że w cenie przejazdu są rozmowy na wybrany temat, i monotonnym głosem zaczyna wymieniać: „Zakresy funkcjonowania implantacyjnych ubezpieczeń zdrowotnych", „Korzystne inwestycje — rynek nieruchomości na Grenlandii", „Przejście z systemów obopólnych na jednopolowe, koszty i zyski". „Jak baby-design stał się częścią ewolucji", „Zdrowie — antropogerontologia — perspektywy rozwoju"...

— Nie, dziękuję — mówi i powtarza dla pewności: — Nie. Nie.

Zapada miła dla ucha cisza, choć przez moment miała irracjonalne wrażenie, że auto-auto chrząknęło rozczarowane. Odtąd prowadzi się samo według

wskazówek satelity, równym rytmem, stabilnie, su-
nie prawie bezgłośnie, nie wyprzedza nieregulami-
nowo, nie robi ryzykownych manewrów, przepusz-
cza pieszych na pasach i ogromną liczbą wszelkich
czujników baczy na zwierzęta, nawet na te, które
wybiegają pod koła w ostatnim momencie. Kobieta
kuli się w kącie i przykrywa kurtką, chociaż wcale
nie jest jej zimno.

Oto co jej się śni:

— Patrz — mówi jej starsza siostra.

Stoją nad zlewem w ich starym domu, są jakieś
święta, gotują.

Spogląda na jej ręce i z przerażeniem widzi, jak
znikają pod strumieniem wody z kranu. Rozmywa-
ją się, rozpuszczają, jakby były z lodu.

— Spójrz — mówi, unosząc dwa kikuty na wysokość oczu. — Nie będą mi już potrzebne.

Śniła jej się siostra, do której jedzie. Renata.

Ośrodek leżał daleko od lotniska, więc podróż
trwała trzy godziny. Auto-auto sunęło coraz węż-
szymi drogami, przy których pojawiały się charak-
terystyczne żółto-czerwone tablice z dwiema litera-
mi: TF. „F" tkwiło nieco wyżej i logo przypominało
schody, które prowadzą w górę — do Transfugium
się więc wstępowało, jak do Ziemi Obiecanej, i tę
mistyczną nieco symbolikę wzmagały jeszcze ruchome billboardy, na których żarzyły się oszałamia-
jące obrazy dzikiej przyrody. Patrzyła na nie obo-

jętnie, nie robiły na niej wrażenia; z jakichś względów była przywiązana do tego, co dawało ludziom miasto — ukołysania w bezpiecznie zaplanowanej przestrzeni, akurat w sam raz na ludzki rozum i ludzkie rozmiary.

Czekał na nią domek, drewniany, z czterema sypialniami i sporym salonem, zupełnie taki sam, jaki wynajmuje się dla rodziny na lato. Kamera przy wjeździe dokładnie obejrzała jej twarz, a potem brama otwarła się bezszelestnie i auto-auto podjechało pod same drzwi. Wysiadła, wzięła mały bagaż, a samochód podziękował grzecznie i zniknął. Poczuła się przez chwilę trochę winna, że odmówiła z nim wszelkiego kontaktu i że spała po drodze, ale oczywiście było to głupie uczucie, jak wszystkie emofejki.

Dom był perfekcyjnie przygotowany: pościelone łóżka, nakryty stół, pełna lodówka, świeże ręczniki, włączona klasyczna muzyka i butelka dobrego wina z życzeniami od firmy. To było właśnie to, co zrobiła najpierw — nalała sobie wina.

Drewniany taras wychodził na jezioro, ku spokojnej teraz wodzie i ciemnej kresce tamtego brzegu. Inne bungalowy dyskretnie schowane między drzewami wydawały się ciche i ciemne, ale przy jednym zobaczyła samochód, wewnątrz zaś paliło się światło. Jej siostra nie będzie więc samotna tej nocy. Gdzieś dalej, z tyłu, w głębi lasu dominowały wielkie bryły budynków ośrodka, ale ponieważ ich szklane ściany miały zdolność optycznego kamuflażu, bardziej się czuło ich obecność, niż się je widziało. Było cicho, pachniało leśnym poszyciem, opadłymi igłami, grzybnią, żywicą i trudno było uwierzyć, że nie jest to jakiś prowincjonalny szpital odwykowy, ale jedno z największych centrów transmedycznych na świecie.

Od ostatniego spotkania kilka miesięcy temu nie mogła się już z Renatą skomunikować, chociaż przecież jej siostra znajdowała się gdzieś tu za murami kompleksu Transfugium, całkiem blisko. Pomyślała, że zapewne nie umiałaby jej już rozpoznać. Było to bardzo nieprzyjemne uczucie — wszystko w niej wyrywało się na pomoc siostrze, ale musiało zostać powstrzymane. Uczono ją poprzednim razem pracować z tym nieracjonalnym afektem, tak jak pracuje się z emofejkami. Ta wyuczona na pamięć mantra: emocje zawsze są prawdziwe, nieprawdziwa może być ich przyczyna. Emocje wzbudzane przez fałszywe przyczyny są równie silne, jak te powodowane przez prawdziwe, dlatego często wyprowadzają człowieka w pole. Trzeba je po prostu przeżyć.

Było już południe i nadszedł czas na wizytę, więc lekko zziębnięta ruszyła w stronę ogromnych pawilonów. Szła wzdłuż szklanych, grafitowych ścian, które nad czubkami drzew odbijały niebo. Szukała jakichś drzwi czy okien, jakiejś rysy, ale wszystko wydawało się nieprzejrzyste i doskonale gładkie, jakby zostało odlane z jednej formy. Nie było tu głównego wejścia i nie dało się zajrzeć do środka.

Doszła do pionowej ciemnej ściany i powiedziała: „Jestem". Stała przez chwilę, dając czas Budynkowi, żeby ją obejrzał i zidentyfikował. „Widzę cię", zdawał się mówić ogromny gmach Transfugium i wpuścił ją do środka.

Profesor Choi, który prowadził jej siostrę i odpowiadał za cały proces transfugacji, był androgyniczny, smukły i wysportowany. Zbiegł do niej po schodach i uśmiechnął się prawie czule, jak do przyjaciółki. Miał na sobie czarny obcisły dres i naciągniętą na czoło czapeczkę. Pomyślała, że może Choi to kobieta — holograficzna plakietka na rękawie z napisem dr Choi nie pomagała w określeniu płci. Tak jak Choi wyglądali bogaci ludzie — zajęci sobą i swoimi ciałami, doskonali od urodzenia, zaprojektowani w prawie każdym szczególe, inteligentni i świadomi swojej przewagi. O Choi powinno się chyba powiedzieć „ono", ale w języku, który był jej najbliższy i w którym mówiono w domu, brzmiałoby to dziwacznie, neutrum od wieków było bowiem zarezerwowane nie dla człowieka, lecz raczej dla istoty nie-ludzkiej, jakby człowieczeństwo musiało dać się ukrzyżować za biegunowość płci. Więc uznała już przedtem, że będzie myślała o Choi jako „o nim". To pomagało zbudować dystans. Nienawidziła spoufalania się.

— Nie spałaś wiele — powiedział z troską.

Patrzyła na niego przez dłuższą chwilę i nagle poczuła, że wcale nie ma ochoty z nim rozmawiać. Najchętniej odwróciłaby się i wyszła bez słowa. Chciała powiedzieć coś na przywitanie, ale nie mogła wydobyć głosu ze ściśniętego gardła. Jej oczy wypełniły się łzami. Spojrzał na nią uważnie.

— Żal to jest dziwna, zupełnie nieracjonalna emocja — powiedział. — Nic już nie zmieni. Niczego nie odwoła. Należy do tych daremnych i płonnych uczuć, z których nie ma żadnego pożytku.

Miał całkiem czarne, nieprzeniknione oczy i regularną twarz. Wyglądał na kogoś, kto wie o wiele więcej, niż chce przyznać. Sprytny. Przenikliwy, ale mimo to empatyczny.

— Wyjdziemy na zewnątrz? — Wskazał ruchem głowy na las i jezioro.

Ściana rozsunęła się i znaleźli się na tarasie, który płynnie przechodził w iglasty las. Poszła za nim posłusznie w stronę wody. Wyciągnęła z kieszeni fotografię i podała mu bez słowa. Ona i jej siostra siedziały na drewnianym ogrodzeniu, o które oparły rowery. To były wakacje czterdzieści pięć lat temu, a one przyjechały na wieś do brata ich matki. Renata jako starsza uczyła ją jeździć na rowerze. Ona miała siedem lat, a Renata trzynaście. Obie patrzyły w obiektyw, jakby spoglądały w przyszłość, wprost na patrzących.

Choi przyjrzał się zdjęciu uważnie. Miała wrażenie, że go wzruszyło.

— Wiele osób tak robi, bierze zdjęcia — powiedział. — To próba zrozumienia powodów, prawda? Szukasz przyczyny, to zrozumiałe. Czujesz się winna.

— Zawsze wydawała się taka poukładana, typowa.

— Mamy tutaj psychologów, gdybyś chciała.

— Nie — powiedziała. — Nie potrzebuję.

Woda niosła ich słowa ku ciemnej części lasu po drugiej stronie jeziora, gdzie żaden człowiek nie miał dostępu, ku Sercu, jak mawiano, bo pamiętała jeszcze z dzieciństwa, że spierano się o nazwę „rezerwat".

— Co tam jest? — zapytała go po chwili. Wiele razy zastanawiała się, czy ten człowiek rzeczywiście wierzy w to wszystko, co mówi i robi. Czy może jest po prostu dobrym sprzedawcą tego nowego towaru, jakim stała się transfugacja.

— Dziki świat. Bez ludzi. Nie możemy go zobaczyć, bo jesteśmy ludźmi. Sami się od niego oddzieliliśmy i żeby teraz tam wrócić, musimy się zmienić. Nie mogę ujrzeć czegoś, co mnie nie zawiera. Jesteśmy więźniami samych siebie. Paradoks. Ciekawa perspektywa poznawcza, ale i fatalny błąd ewolucji: człowiek widzi zawsze tylko siebie.

Poczuła nagły przypływ złości na jego telegraficzny styl. Krótkie proste zdania, którymi traktował ją jak nauczyciel dziecko.

— Ja tego wszystkiego nie rozumiem. Mogłabym stawać się nią tysiąc razy. Patrzeć jej oczami.

Myśleć jej mózgiem... — musiała się teraz opanować, bo zaczęła go przedrzeźniać — ale i tak nie rozumiem, jak to się dzieje. Jak można chcieć czegoś takiego... — nie wiedziała nawet, jak to nazwać — ...wbrew naturze.

Odwróciła się od niego, próbując ukryć łzy głębokiego oburzenia, chociaż już myślała, że przepracowała sprawę i że dzisiaj będzie wolna od emocji. Nagle wydało jej się, że słyszy jego cichy śmiech. Obejrzała się coraz bardziej zła, ale on tylko pokasływał, zapalając zdrowego papierosa, więc mówiła dalej coraz szybciej i głośniej:

— Jestem tutaj tylko dlatego, że nikt inny z rodziny nie chciał się podjąć organizacji tego wszystkiego. Jestem jej siostrą. Rodzice są za starzy i niewiele z tego rozumieją. Dzieci wzięły jej decyzję za dobrą monetę, przynajmniej jedno dziecko. Jej syn się od tego wszystkiego odciął. Czuję tylko ból. Biorę to na siebie, ale tego nie rozumiem. I prawdę mówiąc, nie chcę rozumieć. Mam to gdzieś. Przyjechałam tu dopełnić formalności.

Złość dobrze jej robiła, dodawała sił i pewności, ale doktor Choi, postawny Azjata o nieprzeniknionej twarzy, i tak patrzył na nią z czymś, co mogła nazwać czułą wyższością.

— Masz prawo do gniewu i rozczarowania. W ten sposób się bronisz. Bronisz swojej integralności — mądrzył się dalej, nie mogła tego znieść.

— Odpieprz się — powiedziała samymi wargami odwrócona w stronę jeziora. Ruszyła jego brzegiem, widok skrawków światła pełzających po powierzchni wody, ściany lasu po tamtej stronie i wielkiego czystego nieba powoli uśmierzał jej złość. Poczuła napływające znad wód uspokojenie, a nawet zapowiedź cudownej obojętności, jak wtedy kiedy po raz pierwszy wyjechała z domu i postanowiła nie wracać. Siedziała w autobusie i powtarzała sobie: Nic nikomu nie jestem winna, bo ludzie są odpowiedzialni za swoje wybory.

— Jak człowiek może chcieć przestać być sobą? — powiedziała do idącego za nią Choia. — To samobójstwo. W jakimś sensie dokonujecie na jej życzenie eutanazji.

Choi złapał ją za rękę i zatrzymał. Ściągnął czapeczkę i teraz jego twarz okazała się jeszcze bardziej kobieca. Nad ich głowami zaszeleściły skrzydła słonecznego helikoptera.

— Ludzie Zachodu są przekonani, że dramatycznie i radykalnie różnią się od innych ludzi, od innych istot, że są wyjątkowi, tragiczni. Mówią o „rzuceniu w byt", o rozpaczy, samotności, histeryzują. Lubią się samoumartwiać. A to jest po prostu zmienianie małych różnic w wielkie dramaty. Dlaczego mielibyśmy zakładać, że przepaść między człowiekiem a światem jest donioślejsza i ważniejsza niż przepaść pomiędzy dwoma innymi rodzajami bytów? Czujesz to? Dlaczego przepaść między tobą a tym modrzewiem jest filozoficznie poważniejsza niż pomiędzy tym modrzewiem a na przykład tamtym dzięciołem?

— Bo ja jestem człowiekiem — odpowiedziała bez zastanowienia.

Pokiwał smutno głową, jakby oczekiwał właśnie tego, że nie będą się mogli porozumieć.

— Pamiętasz Owidiusza? On to przeczuł. — Choi mówił dalej i usiadł na barierce. Za plecami miał jezioro. — Metamorfozy nigdy nie zasadzały się na mechanicznych różnicach. Tak samo jest z transfugacją: ona akcentuje podobieństwa. W sensie ewolucyjnym wciąż wszyscy jesteśmy szympansami, jeżami i modrzewiami, mamy to wszystko w sobie. W każdej chwili możemy po to sięgnąć. Nie dzielą nas od tego jakieś przepaści nie do przebycia. Oddzielają nas od siebie zaledwie fugi, drobne szczeliny bytu. *Unus mundus*. Świat jest jeden.

Wszystko to już słyszała wiele razy, ale jakoś te argumenty do niej nie trafiały. Uważała, że są zbyt abstrakcyjne. Wolała wiedzieć, czy transfugacji towarzyszy ból. Czy jej siostra czuje się tam samotna? Co to znaczy, że proces odbywa się w polu siłowym? Czy człowiek jest świadomy do końca? Czy pozostaje sobą? A jeżeli jej siostra zmieniła zdanie? Co wtedy? Czuła już kilka razy niemal panikę, kiedy wydawało jej się, że trzeba siostrę ratować siłą, porwać ją, a potem zamknąć w domu i kazać jej żyć, jak zawsze, normalnie, tak jak działo się to setki, tysiące, miliony razy — każdy w swojej niszy, na swoim miejscu. Pożegnała się z nią tutaj pół roku temu, w parku. Zrobiły to spokojnie i rzeczowo, prawie bez słów. Renata przekazała jej dokumenty notarialne pełne podpisów i urzędowych hologramów, a na końcu wręczyła jej łańcuszek z kroplą wyciętą z górskiego kryształu, jedyną biżuterię, jaką tamta nosiła. I zaraz potem, kiedy Renata odchodziła w stronę budynków Transfugium, jej siostra z wisiorkiem w ręku poczuła przypływ duszności, jak wtedy, gdy uświadamiamy sobie, że dzieje się rzecz nieodwracalna. Patrzyła, jak odchodzi, i miała nadzieję, że obejrzy się, że może nawet zmieni zdanie, wróci. Ale nie, nic takiego się nie stało — zobaczyła tylko jej plecy i ciemne drzwi, które zsunęły się bezszelestnie, tworząc czarną nieprzejrzystą taflę.

— Czy ona wciąż tu jest? Gdzie?

Choi wskazał ręką na budynek Transfugium.

— Tak, jest już gotowa.

Nie polubiła Choia, mimo że już wcześniej kilka razy rozmawiali ze sobą. Wiedziała, że ten człowiek nie potrafi dać jej żadnego pocieszenia, choć był inteligentny i ciepły, a nawet opiekuńczy. Instynktownie czuła jego wyższość, nie wiedziała, co myśli naprawdę. Powtarzał to, co było napisane w Broszurze, jakby szukanie innych form wytłumaczenia jej całego procesu uważał za stratę czasu. Egzemplarz *Metamorfoz* Owidiusza leżał przy łóżku jak hotelowa święta księga. Pięknie wydane, w starym stylu, z rycinami, przypominały dziewiętnastowieczną książkę — miały zapewne budzić nostalgię za czymś dawnym, naturalnym i solidnym, uspokajać. Kilka razy czytała w Broszurze, że nie istnieje żadna trwała jednolita substancja, która wypełnia świat, i że ów świat jest strumieniem napierających na siebie sił i relacji. Każda istota ma wolę, która pozwala jej żyć. Rzeczywistość składa się z nakładających się na siebie, splątanych w sieci woli miliardów bytów. Niektóre z nich są wyrafinowane i plastyczne, inne bezwładne i fatalistyczne. W takim świecie wiele dotąd niewyobrażalnych rzeczy staje się możliwych, a granice okazują się iluzoryczne. Dzisiejsza medycyna umie pokonać takie kruche granice.

— Wracajmy — powiedziała, bo chciała już skończyć tę rozmowę. — Jest mi zimno.

Czuła irytację, lekką jak swędzenie. Denerwował ją jego mentorski, pretensjonalny ton. Denerwowała ją jego nieskazitelność. Spojrzał na nią przepraszająco, pożegnał się i powiedział, że dołączy do nich w nocy.

Miały zwyczajne życie, jedna i druga. Rosły w szczęśliwym domu. Rodzice kochali się, zanim na dobre przestali ze sobą rozmawiać, zajęci swoją po-

stępującą starością. Tragedie i dramaty — na ludz-
ką miarę. Zdrowie — pod kontrolą. Dzieci, dwie
córki — udane. Między nimi była różnica sześciu
lat — na tyle nieduża, by mieć wspólny pokój, ale
na tyle wielka, że nie mogły już słuchać tej samej
muzyki i pożyczać sobie czasem modnych ubrań.
Powstało między nimi puste miejsce, nie do przebycia. Przyglądały się sobie ciekawie, z sympatią, ze
swego rodzaju przywiązaniem, które łatwo pomylić
z miłością, ale w gruncie rzeczy niewiele je łączyło
i szły własnymi drogami.

Były przybranymi siostrami. Ich rodzice weszli
w związek każde ze swoim bagażem — ona należała do matki, siostra do ojca. Na samym początku
dano im do zrozumienia, że muszą się zaprzyjaźnić
i że w ten sposób uratują swoich rodziców. Dosta-
ły zadanie współtworzenia zgodnej rodziny i to
się udało — miały podobne poczucie obowiązku.
Ona miała sześć, Renata dwanaście lat. Biologicz-
na matka Renaty zmarła tak wcześnie, że jej nie
pamiętała i pewnie dlatego od razu zaakceptowała
nową, i pokochała ją. Trudno było grymasić. Ona,
młodsza, była dumna, że będzie miała starszą siostrę. Podziwiała ją, jej książki, muzykę, zasuszone
zwłoki żaby, jej późny powrót z urodzin koleżanki
w dziwnym stanie, który wzięła za chorobę, a który
okazał się zwyczajnym skutkiem nadmiaru alkoholu. Pamiętała, jak czytała w nocy, a światło z ekranu
nadawało jej twarzy wygląd maski.

Renata wyprowadziła się z domu zaraz po szkole i zniknęła w dużym mieście na kilka lat, odwiedzała rodzinę tylko na święta. Studiowała inżynierię kosmiczną, która, jak się potem okazało, paradoksalnie nie wymagała wychodzenia z domu i patrzenia w niebo. Po studiach większość czasu spędzała przy ekranie, śledząc jakieś wykresy, cyfry, dopisując do nich swoje. Płacili jej za to dobrze i regularnie. Zaszła w ciążę i zamieszkała z milczącym jak ona inżynierem, specjalistą od uzdatniania wody w dalekich krajach. Często wyjeżdżał, ale żyło im się dobrze, tak to przynajmniej z zewnątrz wyglądało. Kupili dom na południu, mieli pszczoły i dziki ogród. Raz pożar strawił ich pasiekę, ale odbudowali ją. Pamięta, że Renata płakała przez telefon o te pszczoły. Innych jej łez sobie nie przypominała. Życie siostry w porównaniu z jej chaosem wydawało się prostą, wysypaną żwirem ścieżką. Odwiedzała Renatę rzadko i zapamiętała ją w dresie, z opaską na włosach — biegała na długie dystanse, przełajowo, obsesyjnie.

Wzięła prysznic, zrobiła kawę i usiadła na stopniach tarasu, żeby raz jeszcze popatrzeć na jezioro. Tafla wody przyciągała wzrok, ale równocześnie nie oferowała niczego, na czym mógłby się on skupić, toteż umysł uporczywie ześlizgiwał się w przeszłość. Przez ostatnie miesiące zastanawiała się nieustannie, gdzie w życiu Renaty mógł być jakiś punkt zwrotny, znak początku przemiany, źródło pierwszej myśli o transfugacji. Czy było to załamanie nerwowe, może jakieś wydarzenie, przeżycie, o którym oni, wszyscy jej bliscy, nie mieli pojęcia. Kiedy to się stało? Gubiła się w drobnych wspomnieniach, obrazy z przeszłości migotały jej przed oczami. Może przyczyny mają naturę pyłu: pojedyncze cząstki są niezauważalne, lecz ich mnogość tworzy gęsty fatalistyczny tuman. Obraz pierwszy: Stoją przed lustrem i zadzierając sukienki do bioder, porównują swoje nogi. Ona zauważa z satysfakcją, że ma zgrabniejsze nogi niż starsza siostra, dłuższe, smuklejsze. Renata przyznaje jej rację; potem obie skaczą po kanapie w samych majtkach. Obraz drugi: Ścigają się z innymi dziewczynkami na szkolnym boisku, dystans sześćdziesięciu metrów. Renata nie zatrzymuje się na mecie, jak wszystkie, ale biegnie dalej i okrąża całe boisko. Obraz trzeci: Są nad morzem i zakopują się wzajemnie w piasku; Renata leży zakopana prawie cały dzień, nie chce wyjść. Widać tylko delikatny ruch piasku, gdy oddycha. Wieczorem okazuje się, że spaliła sobie na słońcu twarz.

Gdzie jest ten moment, który wyjaśniałby to, co się teraz dzieje? Musiał być jakiś początek, zalążek przemiany, punkt zwrotny, jakaś myśl, traumatyczne wydarzenie, zmiana na skutek lektur, muzyki z miliona plików, jakie wysyłały sobie bezustannie, wiedząc, że w kosmosie zabrakłoby czasu, żeby je wszystkie przesłuchać. Przelatywała w myślach wszystkie wydarzenia, strzępki sytuacji. Ojciec powiedział kiedyś, że kiedy Renata się urodziła, płakała tak długo, aż dostała zapalenia gardła.

W kwestii menu zdała się na miłego mężczyznę w wieku trudnym do określenia, o pięknym ceglastym kolorze skóry, który przyjemnie kontrastował z bielą jego ubrania. Miał doradzić jej przekąski. Robił to z humorem, jakby je szykował na wieczór panieński. Drażnił ją jego dobry nastrój.

— To ma być coś w rodzaju stypy — powiedziała z jakąś przyjemną satysfakcją. Złośliwie.

Spojrzał na nią ciepło i, jak się jej wydawało, ze współczuciem.

— Stypa, wesele... Jedzenie zawsze jest radosne.

Ciasteczka były pękate, różnokolorowe, leżały na oddzielnych tacach, każdy kolor osobno, jak pudełeczka z farbami. Poruszona tą obfitością wskazywała palcem i próbowała wybierać między różowym a lawendowym, między malinowym a jagodowym i kakaowym. I jeszcze kremy, którymi je przekładano — zielonozłote, purpurowe. Były tak nienaturalne, tak ludzkie. Mężczyzna o ceglastej twarzy pokiwał nad ciasteczkami głową.

— Proszę spróbować. Może smak tu coś podpowie.

— Przepraszam. Nigdy nie umiałam się zdecydować.

Podsunął jej menu.

— To dotyczy tylko rzeczy nieważnych. Kiedy naprawdę czegoś chcemy, nie ma się wątpliwości. Potaknęła bez przekonania i wytarła nos. Wskazał jej listę przystawek i rzekł z dumą:

— Nie muszę oczywiście dodawać, że mięso jest czyste, z własnych inkubatorów.

Widziała przed restauracją imienny pomnik naturalnej wielkości zwierząt — krowy, świni, kury, kaczki i gęsi — dawców tkanek. Zapamiętała imię krowy: Adela. Spoglądała bezradnie na długi spis potraw, a potem spojrzała w twarz restauratora. Jego ciemne oczy patrzyły na nią ciepło, z zaciekawieniem.

— Czy mogę się do ciebie przytulić? — zapytała nagle.

— Oczywiście — powiedział, wcale tym niezaskoczony, jakby i owa usługa zawarta była w menu.

Ogarnął ją ramionami. Pachniał płynem do płukania tkanin, banalnie.

Chwilę później jego ekipa zaczęła przygotowywać salon i taras na małe przyjęcie. Wniesiono pudełka z tartinkami i sałatkami. Sprawne palce rozkładały na tacach owoce.

Kiedy ekipa poszła, słońce zaczęło właśnie zachodzić i wtedy ujrzała niezwykły widok — czubki drzew gęstego północnego lasu jarzyły się pomarańczowym światłem jak ogromne kandelabry, odbijając się w wodzie jeziora. Zapadała noc. Widziała, jak ciemność wysnuwa się spod korzeni drzew, spod kamieni leśnej ściółki, jak dobywa się z głębin jeziora. Kształty nagle wyostrzyły swoje krawędzie, jakby wszystkie rzeczy chciały sobie jeszcze raz uświadomić własne istnienie, zanim przepadną w mroku. Świece drzew zgasły i nagle skądś przypłynęło zimne powietrze, poprzedzając noc, więc narzuciła kurtkę i poszła nad samo jezioro. Ognik jej zdrowego papierosa żarzył się w ciemnościach — pomyślała, że na pewno widać go z tamtego brzegu i ktoś o dobrym wzroku widzi jego ruch, do ust i z powrotem. Jeżeli w ogóle patrzy.

Potem zadzwonił Boy. Tak o nim mówili w rodzinie, mimo że miał już pod czterdziestkę — Boy. Syn jej siostry, Renaty. Powiedział, że nie przyjedzie. Mówił bełkotliwie, chyba był pijany.

— Nie znęcaj się już ani nad nią, ani nad nami wszystkimi — odpowiedziała cicho na jego agresywny bełkot. — Zachowujesz się jak rozkapryszone dziecko. Nic nie zrobiłeś, nie pomogłeś. — Czuła, że się rozpędza i jej złość rosła z sekundy na sekundę. — Zrzuciłeś to na mnie, choć to ty jesteś jej synem. Załatwiałam dokumenty, odwiedzałam ją tutaj, rozmawiałam z doktorami, a teraz muszę się zajmować pieprzonymi ciasteczkami. Wiesz co? Jesteś małym żałosnym gnojkiem.

Odepchnęła od siebie telefon, tak że spadł w igliwie.

Poskubała coś z cateringu i czekała, siedząc na tarasie. Ciemna gruba linia tamtego brzegu ściągała jej wzrok, ale nic się tam nie działo. Linia lasu, która odbijała się w wodzie jeziora, lekkie zmarszczki na wodzie. Zobaczyła dwa ogromne ptaki, które krążyły nad drzewami, ale szybko zniknęły.

Odwiedziła Renatę, kiedy dzieci miały po kilka lat, i wydawało jej się, że przygasła. Była jak zwykle zadbana i dobrze ubrana, jej zwarte gibkie ciało nieco przybrało na wadze, a rysy jakby się zatarły. Już nie biegała. Chodziła na długie spacery szybkim zdecydowanym krokiem. Wracała spocona, rozgrzana i znikała pod prysznicem. Nigdy nie była specjalnie rozmowna, ale tym razem w ogóle się nie zwierzała ani nie chciała opowiadać o sobie. Rzadko się uśmiechała i wydawało się, że zupełnie zatraciła poczucie humoru. Cały czas poświęcała ogrodowi i dzieciom, Boyowi i Hannie, które woziła do szkół i na inne zajęcia. Torebki do pakowania kanapek, pudełka na lunch, te rzeczy — gotowość na każde zawołanie. Zapach dzieci w domu, szczególny, lepki, duszny. Zapach uwięzienia. Pokoje były zawsze sterylnie czyste, praktyczne i jasne. Jej mąż, spokojny, milczący mężczyzna, pojawiał się wieczorem i znikał rano, ale widać było, że są sobie bliscy. Może mieli jakiś rodzaj porozumienia w swojej osobności. Kiedy ona, młodsza siostra, przyjeżdżała do nich w rzadkie odwiedziny, siedziały popołudniami na jasnej kanapie w salonie, pilnując, by nie uronić na nią kropli kawy czy herbaty. Tkwiły wciśnięte w przeciwległe rogi, rozmawiając o sprawach, które przepływały obok nich niczym paski informacyjne w telewizyjnych wiadomościach: Hanna ma egzaminy w czerwcu, kontrakt męża wymaga od niego wyjazdu z kraju na jakiś czas, istnieją różne sposoby oszczędzania wody w ogrodzie, według ostatnich badań naukowców nikotyna sprzyja długowieczności. Mówiły do siebie obłoczkami z komiksów, które zawisały nad nimi w powietrzu, a potem rozwiewały się jak dym ze zdrowego papierosa, gwaranta długowieczności. Patrzyła na uporządkowane życie Renaty zafascynowana, może nawet z odrobiną zazdrości — sama była ciągle w ruchu, w pracy, wśród wielu ludzi — ale czuła ulgę, gdy wracała do swojego bałaganu.

Potem coś się stało. Zbiegło się to z odejściem dzieci i śmiercią męża, który chorował na koszmarnego raka, jakby jakieś mroczne siły wykonywały na nim wyrok za niepoznane nigdy przewiny. Kiedy ją zobaczyła kilka lat potem, mieszkała już sama. Kupiła mały domek na skraju lasu, z warzywnikiem. Najpierw uprawiała tam zioła, ale potem ogród zarósł. Była zaniedbana, przestała farbować włosy i teraz spływały jej na ramiona siwawym welonem. Im więcej było tych białych (a przecież nie miała wtedy więcej niż czterdzieści kilka lat), tym ciemniejsza wydawała się jej twarz. Ogorzała, czerstwa. Jasne oczy patrzyły badawczo, czujnie. Odwracała wzrok, jakby się bała, że będzie można przez nie zajrzeć do wnętrza i zobaczy się tam... Co? Co by się tam ujrzało?

Spędziły razem dwa dni, gotując i siedząc na ławce w zapuszczonym ogrodzie. Czuła, że siostrę zajmują tylko własne myśli i ożywiała się jedynie na widok swoich psów, bo miała trzy duże psy, wilkowate, które nie spuszczały z niej wzroku. Jako gość w jej domu czuła się w ich towarzystwie nieswojo. Patrzyły na nią badawczo, przenikliwie, jakby znały wszystkie niuanse sytuacji.

W prawie pustym salonie wisiał ekran domowy, który napełniał całe pomieszczenie łagodnym szarym światłem. Trudno jej było zrozumieć na pierwszy rzut oka, co za ruch pokazywał. Myślała, że to graficzna abstrakcja, ale kiedy podeszła bliżej, rozpoznała realistyczne szczegóły. Był to ujęty z góry zimowy pejzaż. Zbocza wzgórz porastał północny las, świerki wyglądały jak przecinki chaotycznie rozrzucone na białej kartce. Po rozległym polu przy lesie poruszały się małe figurki zwierząt. Szły skrajem lasu jedno za drugim w równych od siebie odległościach, czarne foremne kształty — jak plemię Indian, które przemieszcza się w poszukiwaniu lepszego miejsca do życia. Sznur zwierząt wychodził poza kadr i pojawiał się znowu po przeciwnej stronie ekranu. I tak w kółko.

— To dwie watahy wilków, które połączyły się na zimę — powiedziała Renata, podchodząc od tyłu, i nieoczekiwanie, ku jej wielkiemu zaskoczeniu,

143

położyła jej głowę na ramieniu. — Zobacz, w jakim idą porządku.

Przyjrzała się dokładniej. Figurki zwierząt nie były identyczne. Te z przodu okazały się mniejsze, bardziej pochylone. Także odstępy między nimi się różniły.

— Wszystkie stawiają łapy w ślady wadery, przywódczyni stada. Za nią idą te słabe — mówiła z głową na ramieniu siostry, nie patrząc na obraz, jakby znała go na pamięć w każdym szczególe. — Najstarsze nadają tempo całemu stadu, inaczej zostałyby z tyłu i zginęły. Potem idą najsilniejsze samce, w razie gdyby skądś nastąpił atak. To wojownicy. Za nimi, i tych jest najwięcej, samice i młode, kobiety i dzieci. A na końcu, widzisz tego samotnego wilka? — Oddalony od reszty wyraziście zamykał ten pochód przez pustkowie. — Wolne elektrony. Dziwadła. Dla nich też jest miejsce w stadzie.

— Och, myślałam, że to psy — odpowiedziała.

— Nie da się pomylić wilka z psem. — Renata odsunęła się i podeszła do obrazu blisko, żeby jej pokazać szczegóły. — Wilki są większe i mają dłuższe nogi, większą głowę i masywniejsze szyje. Patrz, widać to wyraźnie. Ich ogony są bardziej puszyste.

— A twoje psy?

— To wilczaki, mieszańce. Ale to nie są wilki. Prawdziwą różnicę widać we wzroku. Psy patrzą rozumnie, pytająco, z oddaniem, a wzrok wilka jest zupełnie inny: niezaangażowany, ale uważny. Przechodzi cię dreszcz.

Temat wilków wyraźnie ją ożywił.

Gotowały potem razem w kuchni, wypiły trochę wina. Było to ich ostatnie spotkanie. Zapamiętała, jak żegnały się w drzwiach:

— Zwierzęta są mistrzami w rozpoznawaniu intencji, wiesz? — powiedziała nagle Renata, jakby kończyła jakąś rozmowę, której w rzeczywistości nie odbyły. — Moglibyśmy się tego od nich uczyć, jeżeli w ogóle przyszłoby nam to do głowy. Gdybyś miała tę zdolność, wiedziałabyś, co chcę zrobić i dlaczego. Zaakceptowałabyś to spokojnie, bez żadnego niepokoju.

Ale wtedy ona w ogóle nie pojęła, o czym starsza siostra mówi.

Po zmroku przyjechali rodzice z Hanną. Twarz matki — blada i zatroskana. Jej usta wydawały się ciągle zaciśnięte, jakby mówiła sobie: „Jeszcze trochę wytrzymaj, trzeba się jeszcze trochę pomęczyć". Nie należało tego jednak odnosić do decyzji Renaty. Matka zawsze miała taką minę. Nosiła ją jak mundur. Oznajmiała nią: „Proszę do mnie podchodzić tylko w uzasadnionych i poważnych sprawach". Ojciec ostatnio sprawiał wrażenie zupełnie oderwanego, aż trudno było się domyślić, co się naprawdę w nim dzieje. I czy w ogóle coś się dzieje.

Czasami pogwizdywał ni stąd, ni zowąd, wprzęgnięty w swoje życie wewnętrzne, do którego nikt nie miał prawdziwego dostępu. Jedyną osobą, jaką dostrzegał, była jego żona.

— Kiedy to ma się odbyć? — rzuciła starsza pani, kiedy tylko weszli. Zapytała tak rzeczowo, jakby pytała o jakiś niemiły zabieg, który trzeba ścierpieć tylko po to, żeby potem było lepiej.

Poruszała się z pomocą balkonika.

— O świcie. Słońce wschodzi bardzo wcześnie — odpowiedziała córka i pomogła jej wejść na schody.

Hanna była dobrą wnuczką, rozłożyła ich skromne bagaże (tylko na jedną noc) w pokoju, zaparzyła wieczorne zioła. Po kolacji, którą zjedli prawie w milczeniu, matka usiadła sztywno z informacyjną broszurą otwartą na pierwszej stronie. Znała już ją prawie na pamięć, ale nadal nie potrafiła tego pojąć.

— Chcę się tylko upewnić — powiedziała zirytowanym tonem. — To jest coś w rodzaju oddania ciała do badań. Tak jak to zrobili moi rodzice, czy tak? Ciało dla nauki.

Młodsza córka zbierała słowa, żeby jej odpowiedzieć, ale — zdaje się — nie miała przekonania, że matka zechce jej wysłuchać. To pytanie ewidentnie było retoryczne.

— Ona umarła — powiedział ojciec i poklepał żonę po dłoni, a potem sięgnął po leżący na stoliku kolorowy magazyn i szybko przerzucał jego barwne strony. Renata nie wiedziała, co czuł. Teraz, chory na demencję, był najbardziej enigmatyczną istotą świata. Łatwiej byłoby jej zrozumieć wiewiórkę niż własnego ojca.

— Czy my ją jeszcze zobaczymy? — zapytała matka, ledwie otwierając usta. — Czy można ją jeszcze jakoś, powiedzmy, uściskać?

— Mówiłam ci, że nie — odpowiedziała wnuczka. — Żegnaliśmy się już z nią zimą, kilka miesięcy temu.

— To dlaczego znowu nas tu ściągnęła? — zapytał dziadek.

— Wcale nie ściągnęła. Ona odchodzi, a my chcemy być świadkami tego odejścia — odparła młodsza córka.

— A musimy? — mruknął ojciec.

Boy jednak się pojawił. W czarnym lśniącym stroju przybył na starożytnym auto-motocyklu, czuć było od niego alkohol. Niedawno rozszedł się z żoną. Rodzina siedziała na tarasie, przedtem zamieniła część kolorowych ciasteczek w barwne okruszki, które jutro sprzątną ptaki. Boy zdjął kask.

— Po co robić ten cyrk? — powiedział. — Po co ta cała operetka, ten tajemniczy ośrodek, który wygląda jak szpital psychiatryczny i zdaje się tym właśnie powinien być. Wariatkowem. Wszyscy jesteście świrami i daliście się jej wciągnąć w szaleństwo.

Rzucił kask na ziemię i poszedł w stronę jeziora. Nikt nie powiedział ani słowa.

— Jesteście po-rą-bani! — krzyknął z ciemności.

Zaczęli zjeżdżać się goście, których witała niczym gospodyni na bankiecie. Najpierw Margo, przyjaciółka Renaty ze swoim partnerem, potem dwóch starszych mężczyzn, którzy okazali się sąsiadami starszej siostry.

Zaraz po północy wyłonił się z ciemności doktor Choi, jak zwykle w czarnym dresie i obcisłej czapeczce. Wręczył rodzinie dokumenty: paszport, rozporządzenia notarialne, wyniki badań i Kartę Zgody. Usiadł do stołu, jakby czuł się zaproszony przez sam fakt swojego istnienia, i powiedział, że zawsze pragnie to oglądać. Że jest to coś w rodzaju kosmicznej symfonii — powrót rozproszonych chaotycznie elementów na swoje miejsce.

W tym momencie buciory Boya zadudniły o drewniany taras, a ona przestraszyła się, że jej siostrzeniec znowu będzie parł do awantury. Choć właściwie czekała na to, na awanturę, i na to, że wydarzy się, coś, co przywróci świat na stare tory. Może Boy wywali te stoliki i potłucze butelki z winem. Może zmieni w miazgę resztkę bajecznie kolorowych ciasteczek. Zrozumiałaby go. Bał się tak samo jak ona. Ale nie. Wszedł bez słowa na taras, nalał sobie wina i patrzył w stronę jeziora. Zauważyła, że posiwiał i zmarniał.

Stała oparta o drewnianą ścianę i paliła. Widziała, jak Hanna półgłosem rozmawiała z matką i poklepywała ją po szczupłych dłoniach pokrytych

ciemnymi wątrobowymi plamkami. Margo odgrze-
wała coś w kuchni, ojciec zaś najpierw oglądał stare
zdjęcia Renaty, a kiedy usnął nad nimi, Hanna wy-
jęła mu je z rąk.

Dolatywały do niej strzępki rozmów ludzi stojących na tarasie, zaaferowanych lub przeciwnie, roz-
luźnionych i zadowolonych. Brylował wśród nich
doktor Choi. Słyszała urywki jakiejś dyskusji i głos
Choia, który przez chwilę wybił się ponad zwyczaj-
ny gwar przyjęcia. Ktoś się z nim nie zgodził, ale
jego riposta przepadła w zamieszaniu.

Potem kątem oka dostrzegła ciemne sylwetki
Boya i Hanny na tle jaśniejącego jeziora — wtulone w siebie ciała brata i siostry.

Niebo na wschodzie zaczęło szarzeć. Zrobiło się
zimno. Skądś zerwał się wietrzyk, ale chyba tylko
po to, żeby pomarszczyć taflę jeziora, które teraz
wydawało się kraterem pełnym popiołu.

— To wielka chwila. Zaczyna się — powiedział
doktor Choi. — Patrzcie.

Tak to wyglądało:
Od strony budynku Transfugium wpłynęła na
jezioro tratwa. Właściwie tylko platforma. Zdal-
nie sterowana sunęła pewnie w kierunku drugiego brzegu, tam gdzie żaden człowiek przybić nie
może. Do Serca. Najpierw widać było zaledwie
ruch i smugi niepokojonej wody, ale gdy niebo
jeszcze pojaśniało i odbiło się w wodzie, zobaczyli

ją wyraźnie. Zwierzę stojące spokojnie jak posąg z pochyloną głową. Wilk.

Zwierzę obejrzało się i patrzyło spode łba przez chwilę w ich stronę, aż połknął je zupełnie cień tamtego brzegu.

Góra Wszystkich Świętych

Samolot do Zurichu doleciał nad miasto o czasie, ale musiał długo kołować, ponieważ lotnisko zasypał śnieg i trzeba było czekać, aż powolnym, choć jakże skutecznym maszynom uda się je odśnieżyć. Kiedy wylądował, śniegowe chmury akurat się odsunęły i na płonącym pomarańczowym niebie widać było mrowie smug kondensacyjnych, które przecinały się, tworząc gigantyczną kratkę — jakby to sam Bóg zapraszał nas do zagrania z nim w kółko i krzyżyk.

Kierowca, który miał mnie odebrać i czekał z moim nazwiskiem wypisanym na wieczku tekturowego pudełka po butach, powiedział od razu:

— Mam panią zawieźć do pensjonatu, bo droga w góry do Instytutu jest całkowicie zasypana. Nie dojedziemy tam.

Mówił tak dziwnym dialektem, że ledwie go zrozumiałam. Wydawało mi się, że czegoś nie pojęłam. Był przecież maj, ósmy maja.

— Świat stanął na głowie. Niech pani spojrzy. — Pakując mój bagaż do samochodu, wskazał na ciemniejące niebo. — Podobno tym nas trują, wypuszczają gazy z samolotów, które zmieniają naszą podświadomość.

Pokiwałam twierdząco głową. Pokratkowany nieboskłon rzeczywiście budził niepokój.

Na miejsce przyjechaliśmy późno w nocy; wszędzie były korki, samochody buksowały i poruszały się w ślimaczym tempie po mokrym śniegu. Na poboczach tworzyła się grząska breja. W mieście pełną parą pracowały odśnieżarki, ale dalej, w górach, w które wjechaliśmy bardzo ostrożnie, okazało się, że dróg nikt nie odśnieżał. Szofer kurczowo trzymał kierownicę wychylony do przodu, a jego spory orli nos wyznaczał kierunek, niczym dziób statku, który wiódł nas przez morze wilgotnej ciemności w stronę jakiegoś portu.

Znalazłam się tutaj, ponieważ podpisałam kontrakt. Moje zadanie polegało na przebadaniu grupy nastolatków testem, który sama wymyśliłam i który po ponad trzydziestu latach od jego opracowania pozostawał jedynym tego typu na świecie, ciesząc się sporym uznaniem wśród kolegów psychologów rozwojowych.

Suma, jaką mi zaoferowano za tę pracę, była bardzo duża. Gdy zobaczyłam ją w umowie, myślałam, że to pomyłka. Jednocześnie zobowiązywano mnie do całkowitej tajemnicy. Firma, która zlecała badania, miała siedzibę w Zurichu, a jej nazwa mi nic nie mówiła. Nie mogę jednak powiedzieć, że skusiły mnie tylko pieniądze. W grę wchodziły też inne powody.

Poczułam się zaskoczona, bo „pensjonat" to były pokoje gościnne w starym ciemnym klasztorze u stóp gór. Sodowe latarnie lały gęste światło na cierpiące od śniegu kasztany, które już kwitły i teraz przysypane białymi poduszkami, wyglądały jak poddane niezrozumiałej, absurdalnej opresji. Kierowca zaprowadził mnie do bocznego wejścia, wniósł moją walizkę po schodach. W drzwiach do pokoju tkwił klucz.

— Wszystkie formalności zostały już załatwione. Proszę się wyspać. Jutro po panią przyjadę — powiedział szofer o wielkim nosie. — Śniadanie ma pani w lodówce, a o dziesiątej siostry zapraszają na kawę.

Zasnęłam dopiero po tabletce — i znowu znalazłam się w mojej ulubionej czasowej dziurze, w którą wpadaliśmy zgodnie ja i moje ciało, jak do wymoszczonego ptasim puchem gniazda. Od czasu, gdy przyszła choroba, co noc trenowałam w ten sposób niebycie.

O dziesiątej stałam się świadkiem najdziwniejszego rytuału picia kawy, jaki widziałam w życiu. Znalazłam się oto w ogromnym pomieszczeniu, pośrodku którego stał duży, masywny drewniany stół, noszący ślady wielowiekowego używania, a wokół niego siedziało sześć starych kobiet w strojach zakonnych. Lekko uniosły głowy, gdy weszłam. Tkwiły po trzy z każdej strony stołu, identyczność habitów sprawiała, że również rysy ich twarzy upodobniały się do siebie. Siódma siostra, ruchliwa i pełna energii, z nałożonym na strój zakonny fartuchem w paski, postawiła właśnie na stole spory dzbanek z kawą i wytarłszy dłonie w fartuch, podeszła do mnie, wyciągając przed siebie kościste ręce.

Powitała mnie odrobinę za głośno, co — jak potem zrozumiałam — miało swoją przyczynę: większość starszych kobiet niedosłyszała. Przedstawiła mnie po imieniu i szybko wymieniła imiona zakonnic — dziwaczne. Najstarsza nazywała się Beatrix. Były jeszcze Ingeborg, Tamar i Charlotta oraz Izydora i Cezaryna. Tamar przyciągała wzrok swoim bezruchem. Wyglądała jak posążek pradawnej bogini. Siedziała na wózku, duża i otyła z piękną bladą twarzą, która wyrastała z uhabiconego ciała. Wydawało mi się, że patrzy przeze mnie, jakby widziała za mną jakąś rozległą przestrzeń. Należała już chyba do tego wytrwałego plemienia, które odbywa wewnętrzne wędrówki w czasie po połoninach pamięci, my zaś jesteśmy dla niego tylko uporczywymi paprochami na gałce ocznej.

Zaskoczona przyglądałam się wielkiej jasnej sali podzielonej na jadalnię i część do gotowania, w której stały potężne wielopalnikowe kuchenki gazowe z piekarnikami i piec chlebowy, na ścianach zaś wisiały ogromne patelnie oraz półki z garnkami. Pod oknem królowały zlewozmywaki, jeden przy drugim, jak na zapleczu fabrycznej stołówki. Blaty obito blachą, a poszczególne urządzenia wykonane były nie z tworzyw sztucznych, lecz z metalu, łączonego bulwiastymi śrubami, jakby prosto ze statku kapitana Nemo. Sterylna czystość, jaka tu panowała, natychmiast przywoływała na myśl staroświeckie laboratorium i doktora Frankensteina z jego ryzykownymi eksperymentami. Nowoczesne w tym pomieszczeniu były jedynie kolorowe pojemniki do segregowania śmieci.

Siostra Charlotta wyjaśniła mi, że ta wielka kuchnia od lat nie jest właściwie wykorzystywana i że teraz siostry gotują sobie na małej gazowej kuchence albo korzystają z cateringu oferowanego przez jedną z miejskich restauracji. Siostra Anna, kobieta w fartuchu, przeorysza, jak się okazało, dodała, że jeszcze w latach sześćdziesiątych, kiedy tu przyszła, w klasztorze mieszkało sześćdziesiąt sióstr z całej Europy.

— Kiedyś piekło się tu chleby. I robiłyśmy sery, każdy ważył po piętnaście kilogramów. Teraz nie opłaca się robić sera i piec chleba dla siedmiu... — zaczęła siostra Charlotta, jakby szykowała się do jakiejś dłuższej opowieści.

— Dla ośmiu! Jest nas osiem — podjęła optymistycznie siostra Anna. — Niech pani nas odwiedza, gdy już tam pani będzie — wskazała brodą nieokreślony kierunek — na górze. To też nasza instytucja. Jest skrót przez pastwiska, pół godziny piechotą.

Dzbanek z kawą krążył teraz z rąk do rąk i kawa lała się do filiżanek ciemnym parującym strumieniem. Potem dłonie zakonnic wyciągnęły się żwawo po pojemniczki ze śmietanką. Stare palce delikatnie odginały złotko wieczka i wlewały śmietankę do kawy. Następnie siostry odrywały złotko do końca i natychmiast wędrowało ono na języki sióstr, niczym aluminiowa hostia. Języki sprawnie, jednym liźnięciem przywracały mu czystość i nieskalane lśnienie. Później skrupulatny język wędrował do wnętrza pojemniczka, by usunąć stamtąd najmniejsze nawet kropelki płynu. Siostry wylizywały śmietankę chętnie i sprawnie gestem wyuczonym i powtarzanym setki razy. Teraz należało oddzielić od plastikowego pojemniczka papierową opaskę, w którą go zaopatrzono. Paznokcie sióstr z wyczuciem rozrywały miejsce klejenia i triumfalnie ściągały opaskę. W rezultacie tych wszystkich zabiegów przed każdą siostrą leżały trzy surowce wtórne: plastik, papier i aluminium.

— Dbamy o środowisko. My ludzie jesteśmy wyjątkowym gatunkiem istot, a grozi nam wymarcie, jak tak dalej pójdzie — powiedziała siostra Anna i mrugnęła do mnie porozumiewawczo.

Któraś z sióstr zachichotała: — Ma siostra rację, co roku jedna, jak w zegarku.

Zajęta powtarzaniem ich czynności nie zauważyłam, że do kuchni prawie bezszelestnie weszła ósma kobieta i usiadła przy mnie. Dopiero drobny jej ruch sprawił, że odwróciłam się do niej i zobaczyłam młodziutką dziewczynę w takim samym habicie, jakie nosiły starsze zakonnice. Miała ciemną, śniadą cerę, której żywość wyróżniała się na tle bladości innych sióstr — jakby na tym portrecie we wnętrzu obrazka domalowano ją przed chwilą przy użyciu nowego zestawu farb.

— To nasza siostra Swati — przedstawiła ją z wyraźną dumą przeorysza.

Dziewczyna uśmiechnęła się bezosobowo, wstała i zajęła się zbieraniem posegregowanych odpadków do kolorowych pojemników.

Byłam wdzięczna przeoryszy, że przyjęła mnie tutaj jak starą znajomą. Gdy zadzwoniła komórka, zaczęła wyciągać z kieszeni różne przedmioty: klucze, landrynki, notesik, blister tabletek... Aparat okazał się starą nokią, można by powiedzieć — przedpotopową.

— Tak — powiedziała do telefonu tym dziwnym dialektem. — Dziękuję. — I do mnie: — Kierowca już na ciebie czeka, moje dziecko.

Pozwoliłam posłusznie poprowadzić się labiryntami starego budynku do wyjścia, żałując niedopitej kawy. Na zewnątrz oślepiło mnie majowe słońce; zanim wsiadłam do samochodu, słuchałam przez chwilę koncertu topnienia. Zewsząd spadały ciężkie krople, bębniły o dach, o schody, o szyby w oknach, o liście drzew. Pod nogami zbierała się nam żwawa rzeczka, która zamieniała ekscentryczność śniegu w banał wody i odprowadzała ją w dół, do jeziora. Nie wiem, dlaczego pomyślałam wtedy, że wszystkie te stare kobiety w habitach z godnością czekają na śmierć. A ja się miotam.

— Ma pani tutaj doskonałe warunki do pracy, proszę spojrzeć — powiedziała do mnie tego dnia Dani, dyrektorka programu badań. Mówiła po angielsku z włoskim akcentem, choć rysy jej twarzy przywodziły na myśl raczej jakichś indiańskich, a może dalekowschodnich przodków. — Tu jest pani gabinet, nie musi pani nawet wychodzić na zewnątrz, żeby przyjść do pracy. — Uśmiechnęła się. Obok niej stał mężczyzna z wydatnym brzuchem, na którym opinała się kraciasta koszula. — Wiktor, szef programu.

Powiedziała, że niedaleko stąd biegnie szlak turystyczny i można bez większego wysiłku — to jakieś trzy godziny drogi — wejść na szczyt monumentalnej góry, która, widoczna zewsząd, wywołuje wrażenie, jakby się ciągle było na nizinach.

Instytut mieścił się w nowoczesnym betonowym budynku, w którym wiodły prym linie proste.

Aluminiowe taśmy podtrzymywały ogromne przeszklenia, a szkło odbijało nieregularne kształty natury, co łagodziło surowość całej bryły. Za tym nowoczesnym domem stał inny duży gmach wzniesiony najwyraźniej w początkach XX wieku — do złudzenia przypominał szkołę, zwłaszcza że dostrzegłam przed nim boisko, na którym grupa nastolatków grała w piłkę.

Ogarnęło mnie zmęczenie, pewnie z powodu wysokości, na której się znalazłam, a może po prostu dlatego, że ostatnio niemal cały czas je odczuwałam. Poprosiłam o zaprowadzenie do pokoju, gdzie miałam mieszkać przez następne tygodnie. W moim stanie powinno się odpoczywać po południu. Zmęczenie dopadało mnie koło drugiej, robiłam się senna i ociężała. Miałam wtedy wrażenie, że dzień załamuje się, dostaje depresji i nie może się z niej podnieść do wieczora. Potem rusza opornie koło siódmej i utyka do północy.

Nie założyłam rodziny, nie zbudowałam domu, nie zasadziłam drzewa, cały mój czas poświęciłam pracy, nieustannym badaniom i przepuszczaniu ich przez skomplikowane statystyczne procedury, którym zawsze ufałam bardziej niż własnym zmysłom. Osiągnięciem mojego życia jest psychologiczny test, za którego pomocą można badać charakterystyki psychologiczne in statu nascendi, czyli takie, które jeszcze się nie wykrystalizowały, jeszcze nie umocniły w system, jakim jest dojrzała osobowość dorosłego człowieka. Mój Test Tendencji Rozwojowych zdobył szybko uznanie na całym świecie i był powszechnie stosowany. Za jego sprawą stałam się znana, zrobiłam profesurę i żyłam sobie spokojnie, nieustannie doskonaląc szczegóły procedur. Czas pokazał, że TTR miał ponadprzeciętną moc predykcyjną i dzięki niemu z dużą trafnością można było przewidzieć, kim stanie się człowiek i w jakim kierunku potoczy się jego rozwój.

Nigdy nie myślałam, że całe życie będę robić jedną rzecz, zajmować się wciąż tym samym. Wydawało mi się, że jestem niespokojną duszą, że mam słomiany zapał. Ciekawe, czy gdyby mnie samą jako dziecko można było zbadać moim testem, by ustalić, kim będę, to wskazywałby on, że stanę się pracowitą, wytrwałą piewczynią jednej idei, cyzelatorką jednego narzędzia.

Wieczorem tego samego dnia zjechaliśmy we trójkę do miasteczka na kolację do restauracji, której wielkie okna wychodziły wprost na jezioro, co zapewniało gościom kojący widok ciemnej wody rozbłyskującej światełkami miasta. Ta drżąca otchłań nieustannie odciągała mój wzrok od rozmówców. Jedliśmy gruszki z miodem i gorgonzolą, a potem risotto z truflami, najdroższe danie wśród oferowanych. Białe wino też było z tych najlepszych. Wiktor mówił najwięcej i jego niski głos zagłuszał — na szczęście — płynącą skądś natrętnie muzykę, mechaniczną i zimną. Skarżył się, że brakuje nam osób charyzmatycznych, że teraz ludzie są tacy zwyczajni i nie wystarcza im siły, by zmienić świat na dobre. Jego kraciasty brzuch polerował krawędź stołu. Dani traktowała mnie z grzecznym szacunkiem i miłą dla mnie poufałością. Wychylała się do mnie nad stołem, a frędzle jej szala niebezpiecznie muskały krawędzie talerza, grożąc umoczeniem w roztopionej gorgonzoli. Oczywiście wypytywałam o badane dzieci. Kim są i dlaczego mają być poddane testowi. No i na czym polega „nasz program" — choć tak naprawdę niewiele mnie to wtedy obchodziło. Rozmawialiśmy, owszem, ale moją uwagę przyciągał przede wszystkim smak maleńkich, nie większych niż główka od zapałki kawałków trufli. Dzieci zgromadzono tutaj na trzy miesiące w tak zwanej szkole górskiej, gdzie w trakcie nauki i zabawy bada się ich zdolności. Wszystkie są adoptowane, powiedzieli, a program polega na analizie wpływu kapitału społecznego na rozwój jednostki (powiedział on) i/lub oddziaływania całego wachlarza zmiennych środowiskowych na przyszłe osiągnięcia zawodowe (powiedziała ona). Moje zadanie było proste: przeprowadzenie testu w możliwie najszerszej wersji. Chcieli mieć dokładne profile i rzuty w przyszłość. Badania były przedsięwzięciem prywatnym. Sponsorzy dysponowali wszelkimi możliwymi pozwoleniami, program był wieloletni i na razie utrzymywany w tajemnicy. Kiwałam głową, udając, że słucham i przyswajam, ale w rzeczywistości cały czas delektowałam się truflami. Miałam wrażenie, że od kiedy jestem chora, mój zmysł smaku rozwarstwił się i każdą rzecz odbiera osobno: grzyby, kawałki pszenicznego makaronu, oliwę, parmezan, kruche drobiny czosnku... Że nie ma już potraw, ale są tylko luźne konfederacje składników.

— Dziękujemy, że taka sława jak ty zgodziła się osobiście tu przyjechać — powiedziała Dani i stuknęliśmy się kieliszkami.

Rozmawialiśmy grzecznie i leniwie, rozkoszując się jedzeniem, zanim wino bardziej nie rozwiązało nam języków. Mówiłam, że jakikolwiek pomysł na przewidywanie przyszłości budzi w ludziach fascynację i jednocześnie wielki, irracjonalny opór. Powoduje też klaustrofobiczny niepokój i jest to z pewnością ten sam lęk przed fatum, z którym ludzkość zmaga się od czasów Edypa. W gruncie rzeczy ludzie nie chcą znać przyszłości.

Mówiłam im też, że dobre narzędzie psychometryczne przypomina genialnie skonstruowaną pułapkę. Kiedy psychika już w nią wpadnie, to im bardziej się miota, tym więcej zostawia po sobie śladów. Wiemy dziś, że człowiek rodzi się jako bomba różnych potencjałów i czas dorastania nie jest wcale wzbogacaniem i uczeniem się, ale raczej eliminacją kolejnych możliwości. W końcu z dzikiej bujnej rośliny stajemy się czymś w rodzaju bonsai — skarlałą, przystrzyżoną i sztywną miniaturą możliwych siebie. Mój test tym różni się od innych, że bada nie to, co zyskujemy w rozwoju, ale to, co tracimy. Nasze możliwości ograniczają się, ale dzięki temu łatwiej jest przewidzieć, kim się staniemy.

Całej mojej karierze naukowej nieodłącznie towarzyszyło ośmieszanie, deprecjonowanie, posądzanie o parapsychologię, a nawet o fałszowanie wyników. Pewnie dlatego stałam się taka podejrzliwa i nastawiona obronnie. Najpierw atakuję i prowokuję, a potem wycofuję się strapiona tym, co zrobiłam. Najbardziej złości mnie zarzut irracjonalności. Odkrycia naukowe zwykle wydają się na początku nieracjonalne, ponieważ to racjonalność wyznacza granice poznaniu; żeby je przekroczyć, trzeba często racjonalność odstawić na bok i rzucić się w ciemne odmęty niezbadanego — właśnie dlatego, żeby kawałek po kawałku uczynić je racjonalnymi i zrozumiałymi. Kiedy jeździłam po świecie z wykładami o moim teście, każdy wykład zaczynałam od zdania: „Tak, wiem, że was to zdenerwuje i rozzłości, ale życie człowieka można przewidzieć. Istnieją do tego narzędzia". Zapadała wtedy pełna napięcia cisza.

Kiedy weszliśmy do świetlicy, dzieci bawiły się w jakąś grę, która polegała na odgrywaniu scenek. Już na korytarzu słyszeliśmy wybuchy śmiechu. Z trudem poważnieli, żeby się ze mną przywitać. Byłam niemal w wieku ich babć, co od razu zbudowało między nami coś w rodzaju ciepłego dystansu.

Nie próbowali się spoufalać. Jedna śmiała dziewczynka, drobna i bardzo rezolutna, zadała mi kilka pytań. Skąd pochodzę? Jakim językiem mówiła moja mama? Czy pierwszy raz jestem w Szwajcarii? Jak duże jest zanieczyszczenie w miejscu, w którym mieszkam? Czy mam psa albo kota? I jak będą wyglądały same badania? Czy nie będą nudne?

Jestem Polką, odpowiadałam po kolei. Mama mówiła po polsku. W Szwajcarii byłam już kilka razy i dobrze znają mnie na tutejszym uniwersytecie w Bernie. Zanieczyszczenie jest spore, ale i tak dużo mniejsze niż w mieście, z którego się wyprowadziłam. Zwłaszcza zimą, gdy nasza północna półkula zwiększa wielokrotnie produkcję smogu. Na wsi, gdzie mieszkam, nie jest konieczne noszenie masek na twarzy. Badania będą całkiem przyjemne. Będzie trzeba wypełnić kilka testów w komputerze na temat bardzo zwyczajnych spraw — na przykład, co się lubi, a czego nie, i tak dalej. Będziecie też oglądali dziwne trójwymiarowe bryły i mówili mi, co one znaczą. Niektóre badania przeprowadzimy z użyciem nowoczesnej aparatury — nie będzie to boleć, co najwyżej może połaskotać. Na pewno nuda wam nie grozi. Przez kilka nocy będziecie spać w specjalnej czapeczce, która posłuży do monitorowania waszego snu. Niektóre pytania mogą się wydać bardzo osobiste, ale nas badaczy obowiązuje absolutna tajemnica. Dlatego zawsze będę prosić o największą szczerość. Część badań polega na zadaniach do zrobienia i te będą przypominały zabawę. Zapewniam was, że spędzimy ze sobą miło czas. Tak, miałam psa, ale odszedł kilka lat temu i od tamtej pory nie chcę już więcej żadnego zwierzęcia.

— Nie myślała pani, żeby go sklonować? — zapytała bystra dziewczynka, która, jak się okazało, miała na imię Miri.

Nie wiedziałam, co odpowiedzieć. Nie myślałam o tym.

— Podobno w Chinach robi się to już masowo — powiedział wysoki chłopak o śniadej pociągłej twarzy.

Sprawa psa wywołała krótką bezładną dyskusję, a potem widocznie uznano wstępne grzeczności za załatwione, bo dzieci wróciły do swojej gry. Pozwoliły nam dołączyć do zabawy — była to, jak zrozumiałam, wersja naszego ambasadora, gdzie językiem ciała, bez słów trzeba przekazać jakąś wiadomość. Graliśmy bez podziału na drużyny, każdy na swoje konto, samotnie. Mnie nic nie udało się zgadnąć. Dzieci pokazywały wyimki z jakichś gier, filmów, których nie znałam. Były z innej planety, myślały szybko, skrótowo, odwołując się do światów całkowicie mi obcych.

Przyglądałam się im z przyjemnością, z jaką patrzy się na coś, co jest gładkie, młode, sprężyste, miłe, podłączone wprost do źródeł życia. Cudna płochliwość tego, kogo granice są jeszcze nieustalone, niepewne. Nic w nich jeszcze nie uległo zniszczeniu, nic nie skamieniało, nie otorbiło się — organizm radośnie prze do przodu, pnie się w górę podniecony obecnością szczytu.

Kiedy teraz sięgam pamięcią do tamtej sceny, wyraźnie widzę, że zostali mi w głowie Thierry i Miri. Thierry — wysoki, smagłoskóry, o ciężkich powiekach, jakby był zawsze znudzony, nie do końca przytomny. I Miri — drobniutka, skupiona w sobie jak sprężyna. Przyglądałam się też bliźniętom. Kiedy wchodzi się do pomieszczenia, gdzie jest więcej niż jedna para bliźniąt jednojajowych, ma się od razu dziwne poczucie nierealności. Tutaj też tak było. Pierwsza para: chłopcy siedzący daleko od siebie, to byli Jules i Max — obaj krępi, ciemnoocy, o kręconych czarnych włosach i dużych dłoniach. Dalej: dwie wysokie blondynki Amelia i Julia — identycznie ubrane, skupione i grzeczne, siedziały blisko siebie, tak że dotykały się ramionami. Patrzyłam na nie zafascynowana, mimowolnie szukając różniących je szczegółów. Inni, na przykład Vito i Otto, robili wszystko, żeby nie być podobni: jeden ostrzyżony na jeża, drugi długowłosy, pierwszy ubrany w czarną koszulę i spodnie, drugi w szortach i tęczowym T-shircie. Dopiero po chwili zorientowałam się, że są bliźniętami, i złapałam się na tym, że gapię się na nich zdumiona. Uśmiechnęli się, chyba przyzwyczajeni do takich spojrzeń. Koło Miri siedziała Hanna, wysoka siedemnastolatka o figurze modelki i androgynicznej urodzie. Prawie nie brała udziału w zabawie, uśmiechała się leciutko, jakby myślami była gdzie indziej. Wysoki smukły Adrian — nadaktywny, nerwowy, przywódczy — wyrywał się pierwszy do zgadywania i psuł zabawę innym. I Ewa, która nieco matczynym tonem uciszała go, próbując na powrót zaprowadzić spokój. Z takich dzieciaków mógł się składać każdy obóz harcerski.

Następnego dnia zaczęłam pierwszą część badań, poświęconą parametrom psychoneurologicznym, dość mechaniczną. Proste testy na pamięć i postrzeganie. Klocki układane w odpowiednich porządkach, czytanie dziwnych rysunków, jedno oko, drugie oko. Tak jak obiecałam, dobrze się bawili. Wieczorem, gdy przepuszczałam dane przez mój komputer, przyszedł do mnie Wiktor i powiedział:

— Chciałem tylko przypomnieć o klauzuli tajności, którą podpisałaś. Tylko wewnętrzne nośniki informacji. Żadnych własnych.

Zirytował mnie tym. Wydało mi się to niegrzeczne.

Kiedy potem paliłam na tarasie swojego codziennego skręta, głowa zaniepokojonego Wiktora znowu pojawiła się w drzwiach.

— Mam to legalnie, na receptę — wyjaśniłam.

Podałam mu papierosa, zaciągnął się głęboko i fachowo. Trzymał dym w ustach, zmrużył oczy, jakby przygotowywał się na zupełnie inne poczucie ostrości, widok, w którym wszystko będzie zakreślone cudownie miękkimi konturami.

— Wzięliście mnie tylko dlatego, że niewiele życia mi już zostało? Czy o to chodziło? To najlepszy gwarant zachowania tajemnicy, prawda? Milczenie po grób.

Wypuścił odrobinę dymu, resztę połknął. Najpierw utkwił wzrok w podłodze, jakbym go przyłapała na kłamstwie, które dopiero pomyślał. Zmienił temat. Powiedział, że przewidywanie przyszłości człowieka na podstawie jakiegoś testu urąga jego zdaniem zdrowemu rozsądkowi. Ale ponieważ jest lojalnym pracownikiem Instytutu i przedstawicielem zleceniodawcy badań, nie będzie wyrażał swoich wątpliwości.

— Powiedz mi, co to za badania? — zapytałam.

— Nawet gdybym wiedział, nie mógłbym ci powiedzieć. Tak jest i pogódź się z tym. Rób swoje i oddychaj świeżym szwajcarskim powietrzem. Dobrze ci to zrobi.

Miałam wrażenie, że potwierdził tym samym, że wie o mojej chorobie. Potem już tylko milczał, koncentrując się na paleniu.

— Jak stąd dojść do klasztoru? — zapytałam po dłuższej chwili.

Bez słowa wyciągnął notes i narysował mi skrót.

Rzeczywiście —— droga z góry do klasztoru była skrótem błyskawicznym, jakieś dwadzieścia minut schodzenia szybkim krokiem, meandrycznie, między pastwiskami. Trzeba było przejść przez parę bramek dla bydła i kilka razy przecisnąć się obok elektrycznych przewodów ogrodzeń. Chwilę zabrało mi witanie się z końmi, które, oszołomione wiosennym słońcem, stały bez ruchu w topniejącym śniegu, jakby kontemplowały ową sprzeczność klimatyczną i szukały w swoich dużych powolnych mózgach jakiejkolwiek syntezy.

Siostra Anna przyjęła mnie w białym fartuchu — sprzątały ze Swati. Na ławkach w korytarzu stały pudła z dokumentami. Siostry ścierały z nich kurz i układały je na wózku, żeby wywieźć do piwnicy. Przeorysza z ulgą porzuciła to zajęcie i zabrała mnie na przejażdżkę nowiutką windą. Jeździłyśmy w górę i w dół kilka razy, pokonując odległość jednego piętra z mieszkalnej części klasztoru do kaplicy. Dwa podświetlone guziki — góra i dół — przypominały, że w istocie nie mamy tak wielu wyborów, jak się nam wydaje, i że świadomość tego powinna nieść nam ulgę.

Potem siostra Anna pokazała mi klauzurę i rozłożywszy ręce, zaznaczyła dawny przebieg kraty, która stanowiła kiedyś granice światów.

— Siedziałyśmy tu, a tam stali nasi odwiedzający. Ksiądz też spowiadał nas przez tę kratę i rozmawiało się przez nią z gośćmi, uwierzysz? Jeszcze w latach sześćdziesiątych. Czułyśmy się jak zwierzęta w zoo Pana Boga. Co roku fotograf robił nam zdjęcie, też przez tę kratę.

Pokazała mi wiszące ciasno, jedna przy drugiej, fotografie oprawione w cienkie ramki, na których pozowała grupa kobiet w habitach. Jedne siedziały, drugie stały za nimi. W środku była matka przełożona, zawsze jakimś cudem wyglądała na trochę większą, trochę bardziej solidną. Niektórym kraty dzieliły ciało, choć fotograf zapewne starał się, żeby pręty nie przechodziły przez twarz. Im bardziej cofałam się w czasie, idąc korytarzem, tym więcej było zakonnic na zdjęciach i tym dosadniejsze wydawały się habity i welony. Zagarniały przestrzeń tak, że w końcu kobiece twarze wydawały się ziarnkami ryżu rozsypanymi na ciemnografitowym obrusie. Przyglądałam się z bliska ich nieistniejącym już twarzom i zazdrościłam im tego, że każda z tych kobiet miała jeden szczególny dzień w swoim życiu, kiedy odezwał się do niej Bóg i rzekł, że chciałby ją mieć tylko dla siebie. Nigdy nie byłam religijna i nigdy nie czułam w najmniejszym stopniu metafizycznej obecności Boga.

Klasztor został założony w 1611 roku, kiedy w tę górską dolinę obok niedużej wsi przybyły dwie siostry kapucynki z północy. Miały glejt od papieża i popleczników wśród bogatych ludzi. W ciągu dwóch lat udało im się zgromadzić pieniądze i wiosną 1613 roku ruszyła budowa. Najpierw powstał mały budynek z celami dla sióstr i częścią gospodarczą, która jednak rozrastała się w zawrotnym tempie. Po stu latach cała okolica, dolina i pobliskie lasy były w posiadaniu zakonnic. Wokół klasztoru wyrosło miasteczko, częściowo uzależnione od klasztornej ekonomii. Dobre położenie nad jeziorem, na szlaku powodowało, że kwitł handel i bogacili się mieszkańcy.

Reguła pozwalała niektórym z zakonnic, nazywanym siostrami zewnętrznymi, na całkiem intensywny kontakt ze światem; inne, te wewnętrzne, nie opuszczały klauzury i tylko z rzadka pojawiały się w tle krat niczym nieprzewidywalny, mistyczny czynnik w tej odwiecznej grze w kółko i krzyżyk. Siostry klauzurowe tkwiły po czubki welonów w nieustannej modlitwie, ich wargi poruszały się, ich ciała przywierały poddańczo do kamiennej posadzki w kaplicy, rozciągnięte krzyżem, bezbronne wobec strumieni łaski, która zapewniała temu górskiemu miejscu nieustanne powodzenie w interesach, a mniszkom rozrastanie się zakonnego majątku. Może to właśnie na tych rozmodlonych siostrach wewnętrznych spoczywało boskie oko, w trójkątnym pęknięciu niebios, to samo, które potem znalazło się na jednodolarowym banknocie.

Siostry zewnętrzne prowadziły swój biznes, z palcami poplamionymi atramentem, w którym maczały pióra, by wpisać do ksiąg kolejne dostawy jajek, mięsa, płótna albo by wyszczególnić zapłaty dla robotników budujących nowy gmach przytułku czy dla szewców za buty dla sierot. Siostra Anna opowiadała o tym wszystkim tak, jak się opowiada o rodzinie — zafascynowana, z miłością, wybaczając przodkiniom grzechy małostkowości i zbytniego skupienia się na interesach. Klasztor rozrósł się niczym świetnie prosperujące przedsiębiorstwo i zagarnął cały teren w dół aż do jeziora. Upadek rodziny zakonnej nastąpił dopiero w XX wieku, po wojnie. Miasto rozpychało się coraz bardziej, domagając się kolejnych terenów pod wille i budowle publiczne, ludzie tracili wiarę. Od 1968 roku do klasztoru nie przyszła żadna nowa zakonnica, nie licząc oczywiście Swati. W 1990 roku, kiedy przeoryszą została siostra Anna, było ich trzydzieści siedem.

Wielkie klasztorne dobra wskutek wyprzedaży dla ratowania kurczących się finansów malały i dziś właściwie ograniczały się do jednego budynku, w którym mieszkały siostry. Resztkę ziemi wydzierżawiły kilku rolnikom i teraz pasły się na niej krowy. Ogród uprawiał właściciel sklepu ze zdrową żywnością, siostry pozwoliły mu za warzywa i mleko na używanie nazwy klasztoru na produktach spożywczych. Okazało się zresztą, że zbyt późno rozpoznały możliwości płynące z merkantylnego błogosławieństwa klasztornych receptur. Tort został już dawno podzielony pomiędzy benedyktynów, cystersów, bonifratrów i innych, którzy wyczuwając możliwą konkurencję ze strony zakonnic, w męskim sojuszu przegnali je z rynku. Nie udało się też przekształcenie klasztoru w zyskowną kooperatywę. Osobny gmach przy kościele oddano szkole podstawowej, w małym zaś budyneczku od strony ogrodu jest teraz hostel, nad którym pieczę trzyma miasto. To za uzyskane z dzierżaw pieniądze siostry w zeszłym roku zamontowały sobie oszkloną windę na pierwsze piętro, coraz trudniej było im chodzić po wąskich kamiennych schodach. Teraz kilka razy dziennie można je zobaczyć stłoczone w szklanej klatce, kiedy w drodze do kaplicy pokonują kilka metrów różnicy pięter.

Przeorysza opowiadała o tym wszystkim, pokazując mi zakamarki klasztoru. Szłam za nią, czując woń jej habitu — pachniał wnętrzem szafy, gdzie od lat wiszą woreczki z lawendą. W przyjemnym poczuciu bezpieczeństwa gotowa byłam dać się jej namówić i zostać tutaj na resztę mojego czasu, zamiast przykładać dzieciakom elektrody do głów. Wydawało mi się, że wokół siostry Anny powietrze wibrowało, jakby otaczała ją ciepła aureola. Przeorysza mogłaby ją łapać i zamykać w słoiczkach — na pewno zarobiłyby krocie na ich sprzedaży.

Prowadziła mnie szybko wysprzątanymi, pachnącymi pastą do podłóg korytarzami pełnymi drzwi, półpięter, wnęk, gdzie stały wypolerowane posągi świętych. Szybko zgubiłam się w tym labiryncie. Zapamiętałam galerie portretów przodkiń, sióstr przełożonych o podobnych do siebie niczym klony twarzach, i napis nad wejściem do wewnętrznej kapliczki wykuty tłustą szwabachą: „Wie geschrieben stehet: Der erste Mensch Adam ist gemacht mit einer Seele die dem Leib ein thierlich leben gibt: und der letzte Adam mit deinem Geist der da lebendig macht"*. Pod naszymi stopami skrzypiała podłoga, a ręce dotykały wyślizganych grzbietów poręczy i klamek, które przez lata stały się rewersem dłoni.

Znalazłyśmy się nagle na piętrze, na czymś w rodzaju dużej antresoli. Drewniana podłoga była starta do imentu, a może nigdy nie malowana farbą. Suszyło się tu pranie, a wśród suszarek z rozwieszonymi poszwami i prześcieradłami zobaczyłam siostry Beatrix i Ingeborg. Siedziały z igłami w ręku i przyszywały oberwane w praniu guziki. Wykręcone artretyzmem palce dzielnie zmagały się z dziurkami.

— Salve, dziewczęta — powiedziała do nich. — Przedstawimy jej Oxiego, co?

Stare zakonnice ożywiły się, a zgrzybiała Beatrix zapiszczała jak dziewczynka. Siostra Anna podeszła do niewinnie wyglądającej białej zasłonki i odsunęła ją jednym efektownym ruchem, ukazując to, co było w środku.

— Tadam! — zawołała.

---

* 1 Kor 15,45 — według Biblii Tysiąclecia: „Tak też jest napisane: Stał się pierwszy człowiek, Adam, duszą żyjącą, a ostatni Adam duszą ożywiającą".

Moim oczom ukazała się nieduża wnęka, a w niej jakaś postać, kształt niewątpliwie człowieczy, choć pokurczony i jednak jakby nieludzki. Cofnęłam się przerażona. Siostra zaśmiała się, zadowolona z efektu. Najwyraźniej była przyzwyczajona do takich reakcji i bawiły ją one.

— To nasz Oxi — powiedziała, patrząc na mnie badawczo, ale i z wyrazem triumfu na twarzy.

— Mój Boże — westchnęłam po polsku. Musiałam mieć dziwną minę, bo siostry wybuchły śmiechem.

Przede mną było ludzkie ciało, a właściwie kościotrup obciągnięty skórą, mumia ludzka, nieboszczyk, którego ustawiono pionowo i pięknie przyozdobiono. Po chwili grozy zaczęłam dostrzegać szczegóły. Siostry wciąż chichotały za moimi plecami.

Cały kościotrup pokryty był ręcznie dzierganymi i plecionymi ozdóbkami. W jego oczodołach tkwiły wielkie półszlachetne kamienie, a na łysej czaszce spoczywała ozdobna czapeczka, zrobiona na szydełku z nici poprzetykanych koralikami. Pod szyją miał haftowany halsztuk z cienkiego batystu, kiedyś zapewne śnieżnobiały, teraz poszarzały; przypominał kłąb brudnej jesiennej mgły. Jego wyschnięta skóra przezierała tu i ówdzie spod materiału ubrania, które przykrywał miłosiernie długi, osiemnastowieczny, niezwykle zdobny żakiet. Srebrnopopielate wzory przypominały malunki mrozu na szybach. Z rękawów wystawały koronkowe mankiety, prawie całkowicie kryły szponiaste dłonie w rozłażących się już nicianych mitenkach. Mitenkach! Powykręcane nogi obciągnięte białymi pończochami tkwiły niepewnie w pomarszczonych pantoflach, których metalowe klamry także zdobiły półszlachetne kamienie.

Obowiązywało nas zawsze to samo zalecenie, żeby badający zbytnio nie angażował się emocjonalnie w relacje z badanymi. Bardzo mi odpowiadała ta zasada. Z dzieciakami widywałam się tylko podczas badań. Młodzi ludzie wykonywali polecenia bardzo skrupulatnie. Grzeczne dzieci. Tylko przy testach projekcyjnych, wtedy gdy trzeba było uruchomić wyobraźnię, kilkoro z nich miało kłopoty ze zrozumieniem zadania. Potem zaczynała się sesja śledzenia fal mózgowych, a ponieważ badało się je także podczas snu, do każdego pokoju trzeba było dostarczyć i podłączyć odpowiedni sprzęt. Przez ponad tydzień nie wychodziłam nigdzie i widziałam rozkwit lata tylko z mojego tarasu, kiedy zaciągałam się niosącym ulgę ziołem. Dość regularnie zaczął się do mnie przyłączać Wiktor, przez co ubywało mojego lekarstwa coraz szybciej.

Wiktor powiedział mi w czasie jednej z naszych wielu rozmów, że klasztorowi grozi zamknięcie „z powodów biologicznych", i opowiedział mi o Swati.

Siostra Anna w swej cudownej, dziecięcej naiwności przeczytała gdzieś, że w Indiach ciągle obecna jest świętość, że nie wywiały jej wiatry historii i dymy znad Auschwitz. Siedzieliśmy na balkonie mojego pokoju, zmęczeni przenoszeniem aparatury. Wiktor spojrzał na koniuszek żarzącego się skręta i ogarnęło go poczucie winy:

— Nie mogę, naprawdę nie mogę tak cię ciągle opalać. Dla ciebie to lekarstwo, a dla mnie czysta przyjemność.

Wzruszyłam ramionami.

— Dlaczego Indie? Skąd jej to przyszło do głowy?

— No dobrze, to ja jej powiedziałem — dodał po chwili. — Powiedziałem jej, że jeżeli gdziekolwiek jest jeszcze prawdziwa duchowość, to na pewno będą to Indie. Że Bóg przeprowadził się do Indii.

— Wierzysz w to? — rzuciłam automatycznie. Dym z moich ust uformował piękną kulę.

— Oczywiście, że nie. Chciałem ją po prostu uspokoić jakąś dobrą myślą. Nie wziąłem jednak pod uwagę, że ona woli działać, niż myśleć. I samiuteńka, w wieku siedemdziesięciu kilku lat wybrała się do Indii po zakonnice do swojego klasztoru.

Umiałam to sobie wyobrazić — siostra Anna w szarym, letnim habicie stoi pod meczetem w Delhi, wśród zgiełku rykszarzy, wśród bezpańskich psów, świętych krów, w kurzu i błocie. Nie było mi do śmiechu, marihuana już dawno przestała mnie rozśmieszać. Ale Wiktor rechotał.

— Jeździła po klasztorach, setki kilometrów, i szukała nowicjuszek chętnych do przeniesienia się do Europy. Udało jej się ułowić jedną sprawiedliwą, Swati. Rozumiesz? Pojechała po zakonnicę do Indii!

Następnego dnia miałam na biurku ich teczki — schludne, oszczędne, specjalistyczne. Zawierały dane badanych dzieci, poprosiłam o te dane Wiktora. Od razu wydały mi się dziwne, bo zamiast imion i nazwisk widniały na nich symbole wypisane na samoprzylepnych karteczkach: „Hd 1.2.2" albo „JhC 1.1.2/JhC 1.1.1" i tak dalej. Patrzyłam na nie zdumiona — zapewne nie były przeznaczone dla moich oczu, a Wiktor przyniósł mi je przez pomyłkę. Nie rozumiałam znaczenia tego kodu. Oprócz tabel parametrów biologicznych były tam tablice genomu i wykresy, których też zupełnie nie pojmowałam. Próbowałam z tych opisów zidentyfikować moich podopiecznych, ale wykresy i tabele z niczym mi się nie kojarzyły — widocznie opisywały rzeczywistość na innym poziomie, bardziej abstrakcyjnym. O tak, Wiktor musiał się pomylić, dał mi nie te dokumenty, na które czekałam. Kiedy odnosiłam te teczki do jego gabinetu, powodowana nagłym impulsem wróciłam na chwilę do siebie i spisałam sobie te dziwne sygnatury na marginesie starej gazety. Potem przyszło mi do głowy, że dobrze będzie zanotować też daty urodzenia. Gabinet

Wiktora był pusty, gdy kładłam teczki na biurku. Wiatr w otwartych oknach poruszał blaszkami żaluzji i brzmiało to jak chór cykad.

Rano następnego dnia przyszło do mnie wewnętrzną siecią to, o co się od dłuższego czasu dopraszałam — wywiady środowiskowe i dane biograficzne. Każdy plik oznaczony był już teraz tylko imieniem i nazwiskiem. Thierry B., urodzony 2.12.2000. Opiekunowie Szwajcarzy, małe miasto. On pedagog szkolny, ona bibliotekarka. Alergik. Szczegółowy opis badań mózgu, rozpoznana łagodna epilepsja. Grupa krwi. Podstawowe testy psychologiczne. Dziennik prowadzony przez adopcyjnych rodziców, staranny, ale mało ciekawy. Dysleksja. Szczegółowy opis aparatu ortodontycznego. Próbki pisma. Zdjęcia. Wypracowania szkolne. Normalne dziecko, któremu ciągle robiono bardzo dokładne badania medyczne. Nic o rodzicach biologicznych. Miri C., 21.03.2001 — to samo. Dokładne tabele wagi i wzrostu. Jakaś choroba skórna — fotografie, diagnozy i tak dalej. Rodzice adopcyjni: średnia klasa, drobny przedsiębiorca, malarka. Dziecięce rysunki. Mnóstwo odnośników do jakichś innych dokumentów, starannie ponumerowanych, sklasyfikowanych. Bliźnięta Jules i Max, data urodzenia 9.09.2001. Pochodzili z Bawarii. Rodzice adopcyjni: przedsiębiorcy, właściciele jakichś fabryk włókienniczych, wyższa klasa średnia. Wspominano jakieś komplikacje okołoporodowe, stąd niska skala Apgar u obu. Jules wybitny słuch muzyczny, szkoła muzyczna. Max miał wypadek komunikacyjny w wieku siedmiu lat — wpadł pod samochód, skomplikowane złamanie nogi, zdolności muzyczne przeciętne.

Bezwiednie sięgnęłam po moje wczorajsze notatki na gazecie i znalazłam datę urodzenia bliźniąt przyporządkowaną dwóm symbolom: Fr 1.1.2 i Fr 1.1.1, teraz szło mi łatwo.

Adrian T., urodzony 29.05.2000, sygnatura przy jego dacie urodzenia to Jn 1.2.1. Z Lozanny. Rodzice zastępczy: urzędnicy. Chłopiec miał kłopoty z prawem. Wywiad środowiskowy. Raport z policji. Chodziło o włamanie na basen, zniszczenie sprzętu. Kilkoro rodzeństwa. Ewa H., sygnatura Tr 1.1.1. Rodzice adopcyjni rozwiedli się, gdy miała dziewięć lat. Wychowywana przez matkę, nauczycielkę. Świetna uczennica, koszykarka. Interesuje się filmem. Pisze wiersze. Uzdolniona muzycznie. Leczona na młodzieńcze reumatoidalne zapalenie stawów.

Czytałam pobieżnie, zaskoczona szczegółowością sprawozdań, prześwietleniem małych, nastoletnich żyć z tak wielu punktów, jakby ci ludzie szykowani byli na szpiegów, geniuszy albo rewolucjonistów.

Siostra Anna pozwoliła mi sfotografować Oxiego — każdy szczegół jego uwiecznionego w swoim rozpadzie ciała. W drogerii w miasteczku wywołałam zdjęcia i powiesiłam sobie nad biurkiem. Teraz wystarczyło podnieść oczy, żeby podziwiać kunszt wielu pokoleń zakonnic, które z ufnością dzieci oswajały każdy centymetr kwadratowy trupa, usiłując ukryć grozę śmierci. Guzik. Koronka. Mereżka. Ozdobny szew, aplikacja, pomponik, mankiet, kołnierzyk, kieszonka, kryzka, zaszewka, cekin, koralik. Rozpaczliwe dowody życia.

W aptece musiałam czekać na mój lek kilka dni, więc sobie tylko znanymi sposobami znalazłam miejscowego dilera i kupiłam kilka porcji. Były mocne, potężne, musiałam mieszać je z tytoniem. Od czasu chemii bóle prawie zniknęły, ale pozostał strach przed nimi, skręconymi gdzieś wewnątrz mnie jak metalowe sprężyny gotowe w każdej chwili rozprostować się i rozerwać moje ciało na strzępy. Gdy paliłam, zamieniały się w papierowe serpentynki, a świat stawał się pełen znaków i rzeczy dalekie od siebie zdawały się wysyłać sobie wzajem jakieś osobliwe wiadomości i sygnały, supłać znaczenia, nawiązywać relacje. Wszystko mrugało do siebie porozumiewawczo. Był to bardzo sycący stan świata, można było się tym światem najeść do woli. Przeszłam dwie chemioterapie, nie mogłam spać. Nie mogłam opanować własnego ciała — jedyną siłą, jaka w nim pozostała, był strach. Lekarz powiedział: od trzech miesięcy do trzech lat. Wiedziałam, że dobrze mi zrobi, gdy się czymś zajmę, i dlatego tutaj przyjechałam; nie tylko ze względu na pieniądze, choć w mojej sytuacji takie pieniądze pomogą przedłużyć mi życie. Przeprowadzenie testów nie wymagało ode mnie jakiejś szczególnej formy. Potrafiłam to robić niemal automatycznie.

Teraz każdego ranka, gdy dzieci miały lekcje, wstawałam wcześnie i wyruszałam na dół, do klasztoru. W któryś z takich dni pod koniec maja zobaczyłam samotnie siedzącą na ogrodzeniu boiska Miri. Powiedziała, że ma okres i zwolniła się z gimnastyki. Zapamiętałam, że była ubrana na niebiesko — niebieskie dżinsy, niebieska koszulka i niebieskie trampki. Nie wiedziałam, co powiedzieć. Po prostu podeszłam do niej.

— Pani wydaje mi się smutna — zwróciła się do mnie trochę zaczepnie. — Cały czas, nawet gdy się pani uśmiecha.

Złapała mnie na gorącym uczynku, kiedy w samotności rozmontowywałam na swej twarzy zwyczajowy wyraz pewności siebie. Patrzyłam na jej drobne, lekkie, jakby ptasie ciało, które zwinnie zeskoczyło z płotu, mogłoby się wydać, że nic nie ważyło. Mówiła, że chciałaby już wracać do domu. Że tęskni za rodzicami i za swoim psem. Tam ma swój pokój, a tutaj musi dzielić go z Ewą. Zawsze chciała mieć rodzeństwo, ale teraz widzi, że inni jej przeszkadzają.

— Pani nas bada i czegoś szuka. My też się zastanawiamy, dlaczego tu jesteśmy. Ja mam spore IQ i kojarzę fakty. Podejrzewam, że ma to coś wspólnego z tym, że jesteśmy adoptowani. Może jesteśmy nosicielami jakiegoś genu. Pani patrzy na nas i co? Widzi pani coś dziwnego w nas? Co ja mam z nimi wspólnego? Nic.

Odprowadziła mnie kawałek i zaczęłyśmy rozmawiać o szkole. Chodziła do muzycznej, grała na skrzypcach. Powiedziała mi też coś szczególnego: że lubi dni żałoby — a te zdarzają się coraz częściej z powodu katastrof klimatycznych czy zamachów — bo wtedy w mediach gra się tylko smutną muzykę. Często wszystko ją denerwuje i ma wrażenie, że świata jest za dużo, więc te ponure dni to dla niej wytchnienie. Ludzie powinni się zastanowić trochę nad sobą. Lubi Haendla, a zwłaszcza jego Largo, które śpiewała kiedyś Lisa Gerrard. I pieśni Mahlera, te napisane, kiedy umarły mu dzieci.

Uśmiechnęłam się mimowolnie. Melancholiczka.

— I dlatego ciągnie cię do mnie?

Poszła ze mną kawałek w dół, do miejsca, gdzie pasły się konie. Po drodze zrywała czubki traw i rozrzucała miękkie jeszcze, przedwczesne nasiona w powietrze.

— Pani ma perukę, prawda? — powiedziała nagle, nie patrząc na mnie. — Pani jest chora. Pani umiera.

Jej słowa uderzyły mnie prosto w pierś. Poczułam, że w oczach zbierają mi się łzy, więc odwróciłam się i ruszyłam szybciej, już sama, w dół do klasztoru.

Przedpołudnia w klasztorze, kiedy dzieci miały lekcje, uspokajały mnie. Czułam się dobrze w towarzystwie tych pogodnych i pogodzonych z życiem kobiet. Niedołężne palce sióstr, które przy kawie segregowały miniaturowe odpady, przywracały porządek. Tak i mnie kiedyś, niedługo, jakieś Palce rozbiorą na składniki pierwsze i wszystko, z czego się składam, wróci na swoje miejsce. Ostateczny recykling. Z porcji śmietanki do kawy po tym rozgrzeszającym rytuale zostają części, które już nijak się do siebie nie mają, stają się osobne i należą do innych kategorii. Gdzie się podziały smak i konsystencja? Gdzie jest ta rzecz, którą przed chwilą jeszcze zgodnie współtworzyły?

Siadywałyśmy w kuchni, gdzie siostra Anna, uciekając się często do dygresji, odpowiadała na moje wścibskie pytania. Nigdy nie wiadomo było, dokąd zaprowadzą nas poplątane wątki jej pamięci. Przypominała mi się wtedy moja mama, która też tak mówiła — szeroko, wielowątkowo, meandrycznie; to cudowna przypadłość starych kobiet, przykrywanie świata opowieścią jak ogromną tkaniną. Milcząca obecność innych sióstr zawsze zajętych jakimiś drobnymi pracami sprawiała, że brałam je za gwarantki prawdy, księgowe czasu.

Wszystkie informacje o Oxim były zapisane w klasztornej kronice. Na moją prośbę siostra Anna zgodziła się w końcu odszukać odpowiedni wolumen i rozłożyła go na stole do kawy w kuchni. Znalazła dokładną datę: 28 lutego 1629 roku.

Tego dnia siostry i wszyscy mieszkańcy wylegli na południową drogę do miasta, oczekując powrotu posłańców z Rzymu. Tuż przed zmrokiem wyłonił się zza góry nieduży orszak konnych, a za nim fura drewniana ozdobiona barwną, nieco przybrudzoną i namokłą materią, pod którą przytroczona skórzanymi pasami leżała trumna. Resztki girland ciągnęły się po mokrym śniegu, jeźdźcy zaś byli zmęczeni i zziębnięci. Mieszkańcy na czele z burmistrzem i specjalnie zaproszonym biskupem symbolicznie przekazali świętemu klucz do miasta, po czym chłopcy w białych komżach zaśpiewali długo ćwiczoną pieśń powitalną i — jako że działo się to w miesiącu zimnym i paskudnym, nie było kwiatów, żeby godnie uhonorować tak niezwykły dar — rzucano pod koła fury gałązki świerka.

Jeszcze tego samego wieczoru odbyła się uroczysta msza, po czym obwieszczono, że świętego Oksencjusza będzie można zobaczyć w najbliższą niedzielę, po mszy, to jest za trzy dni. Do tej pory zadaniem sióstr było relikwie oporządzić i po trudach podróży uporządkować.

Widok, który ukazał się siostrom, był przerażający. Odruchowo cofnęły się, gdy zajrzały z zaciekawieniem do wnętrza trumny. Czego się spodziewały? W jakie cudowności ubrała ich wyobraźnia ciało tego męczennika, o którym nigdy przedtem nie słyszały? Co spodziewały się ujrzeć biedne kapucynki, marznące w niedogrzanych celach, w mitenkach naciągniętych na spierzchnięte dłonie, w grubych wełnianych pończochach pod habitami?

Głuche westchnienie rozczarowania pofrunęło pod sklepienie kaplicy. Święty Oksencjusz był bowiem zwyczajnym trupem, dobrze już wprawdzie wysuszonym, a nawet w jakiś sposób schludnym, lecz jego wyszczerzone zęby i puste oczodoły wciąż mogły budzić grozę lub przynajmniej odrazę.

Siostra Anna mówiła, że trzy dni nie wystarczyły. Od tamtej pory kolejne siostry pielęgnowały ciało nieboszczyka przez ponad trzysta lat. Oswoiły jego grozę zdrobniałym imieniem, drobnymi żarcikami i ozdóbkami. Sama jeszcze za młodu dziergała mu mankiety, bo poprzednie zetlały już ze starości. To była ostatnia wymieniona część stroju świętego. Swati, mimo ślubów posłuszeństwa, odmówiła reperowania strojów mumii i siostra Anna przyznała jej rację.

Po powrocie do swojego pokoju zatonęłam w sieci. Kiedy w XVI wieku Rzym zaczął się intensywnie rozbudowywać, wykopy pod fundamenty nowych domów bardzo często odkrywały rzymskie katakumby, a w nich ludzkie ciała. Okazało się bowiem, że jak każde stare miasto Rzym zbudowany jest na grobach, więc kilofy robotników przebijały stropy grobowców i wpuszczały doń światło słoneczne po raz pierwszy od wielu setek lat. Ludzie zaczęli samowolnie penetrować katakumby, a ich rozogniona wyobraźnia oplatała je tajemniczymi historiami. Bo któż mógł tam leżeć, jak nie chrześcijańscy męczennicy?

Równiutko poukładani na półkach zmarli przypominali cenny towar, butelki doskonałego wina, które latami dojrzewają, żeby nabrać specjalnych walorów. Zmarłym nie przeszkadza już entropiczne działanie czasu, ten jego niszczący aspekt, który zamienia ludzkie twarze w czaszki, a ciała w szkielety. Wręcz przeciwnie, ciała, gdy kurczą się i próchnieją, przechodzą w wyższy porządek, subtelnieją i nie wywołują już takiego obrzydzenia jak rozkładające się trupy, ale — jako mumie — wzbudzają raczej podziw i szacunek.

Odkrywane nekropolie stanowiły problem. Wydobyte stamtąd szczątki próbowano grzebać powtórnie na ówczesnych cmentarzach, lecz było ich co niemiara — pięknych, dobrze zachowanych zmumifikowanych ciał i zgrabnych szkieletów, kompletnych, ułożonych we wdzięcznych pozach. Bardzo szybko wzrok przyzwyczaił się do ich widoku, potem zaś — jak to bywa u ludzi — zaczął różnicować i wyodrębniał te szczególne, by tak rzec, najpiękniejsze, najbardziej harmonijne, najlepiej zachowane, a od odkrycia ich osobniczego piękna było już niedaleko do nabrania przez nie wyjątkowej wartości. W jednym z listów papież, surowy i ponury Grzegorz XIII, deliberował nad ową niespodziewaną obfitością zmarłych: „Zdaje się nam, jakby to całe wojsko powstało z ziemi w tych trudnych czasach, a my zamiast mu się za tę przysługę odwdzięczyć, wpychamy je znów w ciemności grobu. W dzisiejszych złych dla prawdziwej wiary czasach, gdy odszczepieństwo grozi nam z każdej strony i na nic się zdaje miecz i ogień wobec tej plugawej luterańskiej herezji, także zmarli mogą stanąć do walki...". W myśl tych słów któryś z papieskich urzędników (który — dokładnie nie wiadomo; mówi się o zaufanym papieża, księdzu Verdianim, mającym niezły nos do interesów) znalazł zatrudnienie dla tysięcy zmarłych. Wkrótce powołano specjalną kancelarię, w której zebrano dobrze rokujących, zdolnych i pełnych wyobraźni kleryków. Do pracy zaprzęgnięto też zastępy milczących, przygiętych do ziemi zakonnic, które cierpliwie odczyszczały zwłoki z tego, co na nich przez wieki osiadło. Całość prac utrzymywana była w ścisłej tajemnicy.

Święci pojawiali się już gotowi, porządnie ułożeni w skromnych trumnach, oczyszczeni z kurzu, pajęczyn, zielska i grudek ziemi, schludnie przykryci czystym płótnem. Każdemu towarzyszyły metryczka z imieniem i pochodzeniem, starannie rozpisana biografia i okoliczności męczeństwa, a także atrybuty i obszar pośmiertnego działania męczennika wskazujące, o jaki rodzaj wstawiennictwa można go prosić, jakie modlitwy ku niemu kierować. Każdy święty miał swoje atrybuty i swoją domenę, jak dzisiejsi bohaterowie gier komputerowych. Ten dodawał odwagi, inny szczęścia. Jeden wstawiał się za pijakami, drugi zwalczał gryzonie...

Na zamówienia z całej Europy nie trzeba było długo czekać. Każda suplika kierowana do papieża, każde odwołanie się do jego najwyższej świętej władzy łączyły się od razu z prośbą o posłanie relikwii świętego w zamian za niewygórowaną ofiarę. Splądrowanym kościołom, które dźwigały się po gwałtach protestantów, relikwia taka przydawała natychmiast prestiżu, ściągała lud pod dach przybytku i pozwalała mu zanurzyć się w oparach dawnej męczeńskiej świętości, przypominając, że świat ziemski jest niczym w porównaniu z Królestwem Bożym. I że memento mori.

Przysposabianie świętych męczenników rzymskich trwało długie lata. Kanceliści, owi zdolni i pełni wyobraźni klerycy, odchodzili i stawali się nuncjuszami i kardynałami, przygięte do ziemi zakonnice umierały z cichym westchnieniem, zmieniali się papieże, opadali w przeszłość jak kartki kalendarza: Sykstus, Urban, Grzegorz, Innocenty, Klemens, Leon, Paweł i znowu Grzegorz, aż do papieża Urbana VIII. W 1629 roku kancelaria od przysposabiania świętych wciąż istniała, a dla ulepszenia swojej pracy pisarczykowie dorobili się już pomocy ujętych w tabele i wykazy. Chodziło o to, żeby nie powtarzać zbyt często tych samych metod torturowania, rodzajów śmierci, okoliczności, imion i atrybutów.

Siostra Anna powiedziała mi następnego dnia, że ze zdumieniem wysłuchała kiedyś historii świętego z pewnego kościoła oddalonego od jej klasztoru o kilkaset kilometrów. Zrobiło jej się nagle przykro, bo tamten obcy święty, o imieniu bodaj Rius, miał historię życia i męczeństwa zdumiewająco podobną do ich Oksencjusza. Widocznie twórcom metryczek brakowało inwencji. Mówiła też, że spotkała się kiedyś z pewną specjalistyczną pracą napisaną już w XX wieku, w której omawiano fenomen świętych rzymskich męczenników naukowo, i wynikało z niej, iż w ciągu tych wszystkich dekad następowały po sobie pewne — można tak powiedzieć — mody, które powtarzały się regularnie. Na przykład pod koniec XVI wieku w ciągu kilku lat pojawiło się wielu świętych nabitych na pal przez pogan i za każdym razem opis męki był soczysty i barwny, a talent literacki anonimowego kancelisty sprawiał, że czytelnika przechodził prawdziwy dreszcz grozy. W tym samym czasie święte żeńskie cierpiały głównie z powodu obcinania piersi, które potem zamieniały się w ich atrybut. Zwykle trzymały je przed sobą na tacy. W drugiej dekadzie

XVII wieku popularne były dekapitacje. Odcięte głowy cudownie odszukiwały ogłowione ciało i cudownie się z nim zrastały.

— Ty jesteś przecież psychologiem — powiedziała do mnie — więc musisz ich dobrze rozumieć, tych wymyślaczy męczeństw. Nawet w kreowaniu najgorszych okropieństw musi się znaleźć odrobina przyjemności dla piszącego, prawda?

Odpowiedziałam, że lecząca jest już sama świadomość istnienia całej sfery świata gorszego niż ten, który przypadł w udziale nam.

— Już samo to powinno budzić naszą największą niewyrażalną wdzięczność wobec Stwórcy — skwitowała.

Z czasem coraz ekscentryczniejsze stawały się też imiona, widocznie dlatego, że rezerwuar tych popularnych, szerzej rozpowszechnionych już się wyczerpał. Zaczęły się więc pojawiać święte Osjanny, Magdencje, Hamartie, Angustie, Violanty, a wśród mężczyzn Abhorencjusz, Milruppo, Kwintylion oraz święty Oksencjusz, który wczesną wiosną 1629 roku trafił się klasztorowi.

— Czy siostra wie, co oni tam robią? — zapytałam ją, wskazując ręką na widniejący wysoko malutki budynek Instytutu, gdy kolejny raz zeszłam do klasztoru.

Słyszały, że robią jakieś ważne badania. Tyle.

Składałyśmy pościel techniką znaną na całym świecie, gdziekolwiek istnieją poszwy, poszewki i prześcieradła, gdziekolwiek istnieją kołdry, poduszki i nocne koszule — stałyśmy naprzeciwko siebie i rozciągałyśmy na skos wielkie prostokąty lnu i bawełny, żeby odzyskały swój kształt po praniu. Szybko wspólnie ustaliłyśmy cały rytuał: najpierw na skos, potem zmarszczenie w bokach i naciąganie szybkimi, krótkimi szarpnięciami, następnie złożenie na pół i znowu na skos, żeby ostatecznie w kilku krokach ku sobie złożyć pościel w zgrabny pakiet. I od początku.

— Domyślamy się, o co chodzi, ale to nie to samo, co wiedzieć — zawsze mówiła o sobie w liczbie mnogiej, jej tożsamość po tylu latach była klasztorna, zbiorowa. — Bądź spokojna, kochana — dodała jeszcze i zabrzmiało to prawie czule. — Kościół zawsze chce dobrze.

Oxi patrzył na nas oczami z kamieni półszlachetnych tkwiącymi w oczodołach wyścielonych zupełnie już bezbarwnym jedwabiem, który udawał powieki. Brwi z kamieni szlachetnych koloru ciemnej czerwieni wyglądały na uniesione chłodnym, pełnym niedowierzania zdziwieniem.

Nocami Internet wyprowadzał mnie mimochodem na inne ścieżki, jeszcze barwniejsze — w pośmiertne dzieje świętych, a właściwie ich ziemskich szczątków, w adoracje palców, kostek, pukli włosów, serc wyjętych z ciała, obciętych głów. Poćwiartowany święty Wojciech, rozesłany kościołom i klasztorom jako relikwia. Krew świętego Januarego, która regularnie przechodziła tajemnicze chemiczne przemiany, zmieniając swój stan i właściwości. A także kradzieże świętych ciał, dzielenie zwłok na relikwie, cudownie multiplikujące się serca, dłonie, a nawet napletki malutkiego Jezusa — *sacrum preputium*. Archiwalne strony portalu aukcyjnego oferowały kawałki ciał świętych. A pierwsze, co mi wyskoczyło, to relikwiarz ze szczątkami Jana Kapistrana, który można było kupić na Allegro za 680 złotych.

Na koniec znalazłam naszego bohatera z suszarni na strychu — święty Oksencjusz męczennik był trenerem lwów, które za czasów Nerona karmiono chrześcijanami. Którejś nocy jeden z lwów przemówił do niego ludzkim głosem. Był to głos samego Jezusa Chrystusa. Nie napisano, co powiedział lew głosem Chrystusa, ale rankiem Oksencjusz nawrócił się na wiarę chrześcijańską, wypuścił lwy do lasu za miastem, sam zaś został pojmany. Wcześniejszy oprawca stał się ofiarą. Lwy połapano i Oksencjusz wraz z innymi chrześcijanami został rzucony im na pożarcie. Lwy jednak nie chciały ruszyć swojego byłego pana, dlatego został zasztyletowany przez siepaczy Nerona, a lwy zasieczono mieczami. Po śmierci ciało Oksencjusza wykradli chrześcijanie i pochowali w tajemnicy w katakumbach.

— Stałam przed hotelem i bałam się zrobić krok do przodu — powiedziała siostra Anna.

Siedziałyśmy w wielkiej pustej kuchni, inne siostry już wyszły, zniknęły też starannie posegregowane odpady. Przysiadła na parapecie okna i wyglądała zaskakująco młodo.

— Było gorąco i parno, jak to w Indiach. Podróżny lekki habit przykleił mi się do ciała. Czułam się jak sparaliżowana, bo to, co widziałam, budziło we mnie grozę — umilkła na chwilę, szukając słów. — Ogrom nędzy, rozpaczliwa walka o przetrwanie, okrucieństwo. Psy, krowy, ludzie, rikszarze o ciemnych zawziętych twarzach, kalecy żebracy. Wszystko to wydawało mi się obdarzone życiem na siłę, wbrew woli tych istot, skazane na życie, jakby owo życie było upadkiem i karą.

Odwróciła się do okna, a potem powiedziała, nie patrząc na mnie:

— Myślę, że popełniłam tam największy grzech, i nie jestem pewna, czy został mi wybaczony, chociaż odbyłam za niego pokutę. Ksiądz, który mnie spowiadał, widocznie nie zrozumiał, co mu powiedziałam.

Patrzyła w okno.

— Nie było tam żadnej świętości, jak mi obiecywano. Nie znalazłam niczego, co mogłoby usprawiedliwić ten cały ból. Ujrzałam świat mechaniczny, biologiczny, jak mrowisko zorganizowany w ustalone porządki, które były głupie i bezwładne. Odkryłam tam coś strasznego. Niech Bóg mi wybaczy.

Dopiero teraz spojrzała na mnie, jakby szukała wsparcia.

— Wróciłam do hotelu i przesiedziałam tam cały dzień. Nawet nie mogłam się modlić. Następnego dnia, tak jak było umówione, przyjechały po mnie siostry z konwentu poza miastem i zabrały mnie do siebie. Jechałyśmy przez wyschniętą pomarańczową przestrzeń pełną śmieci i wyschniętych drzewek. Milczałyśmy i siostry chyba rozumiały mój stan. Może same kiedyś przez to przechodziły. Gdzieś po drodze zobaczyłam ciągnące się po horyzont małe pagórki oddalone jeden od drugiego o kilkanaście metrów. Siostry powiedziały, że to jest cmentarz świętych krów, ale nie zrozumiałam, o co chodzi. Prosiłam, żeby powtórzyły. Powiedziały, że tutaj niedotykalni przywożą zwłoki świętych krów, żeby nie zanieczyszczały miasta. Zostawiają je po prostu na palącym słońcu i przyroda robi swoje. Poprosiłam, żeby się zatrzymać, i zdumiona podeszłam bliżej do kopczyków, które, jak oczekiwałam, miały być resztkami, skórą i kośćmi wysuszonymi na słońcu. Z bliska jednak widać było co innego: skręcone, na wpół nadtrawione torebki plastikowe, z widocznymi wciąż napisami sieciowych marek, sznurki, gumki, nakrętki, kubeczki. Żaden organiczny sok trawienny nie dawał rady zaawansowanej ludzkiej chemii. Krowy zjadały śmieci i niestrawione nosiły je w swoich żołądkach.

Tyle zostaje z krów, powiedziano mi. Ciało znika, zjedzone przez owady i drapieżniki. Zostaje to, co wieczne. Śmieci.

Pożegnałam się z siostrami kilka dni przed wyjazdem. Musiałam jeszcze posegregować papiery, zwinąć aparaturę i zrobić podsumowujące obliczenia. Ostatni obraz, jaki zapamiętałam z klasztoru, to widok starych kobiet ściśniętych w szklanym pudle windy, które wyjeżdżają w górę, na mszę — boschowskie mieszkanki raju odbywające podróż w zaświaty, do kresu czasu.

Kiedy wracając do Instytutu, szłam miedzami pod górę, pojawiła mi się w głowie jasna i prosta idea, rzeczowa odpowiedź na pytania, które mnie tutaj tak męczyły, a na które nikt nie chciał mi odpowiedzieć: czym są te badania, w których biorę udział jak posłuszny, dobrze opłacony żołnierz. Myśl była i prosta, i szalona jednocześnie, najprawdopodobniej więc była prawdziwa. I powróciło do mnie niewinne pytanie Miri z pierwszego dnia, kiedy tam przybyłam: „Czy nie myślała pani, żeby go sklonować? Podobno robi się to już w Chinach".

Rozłożyłam przed sobą teczki dzieci i zapaliłam. Patrzyłam na ich daty urodzenia podawane z godziną i miejscem, jakby częścią badań miało być postawienie im horoskopu. Kto zresztą wie, może to też było w planie? Ołówkiem przypisałam tajemnicze sygnatury każdej dacie, każdemu nazwisku.

Same badania już zakończyłam, profile były naszkicowane i wciąż czekałam na ostateczne dane, które zwykle ukazywały się w postaci graficznej jako kilkanaście linii prognostycznych, mniej i bardziej prawdopodobnych. Komputer zliczał wszystkie charakterystyki, a potem krystalizował je wokół wykreowanych przez siebie osi. Podstawowy wykres przypominał więc drzewo, którego konary różniły się między sobą grubością. Najgrubsze, najlepiej zarysowane były najbardziej prawdopodobne. Widziałam już takie drzewa, które przypominały rozczapierzone baobaby o setkach gałązek-możliwości. I widziałam takie, w których dominował jeden gruby konar. Dzieci — ładne i mądre ludzkie dzieci zamienione w drzewa.

Przerzucałam pliki, porządkując grupy danych, gdy nagle chwycił mnie ból, ten, który dobrze znałam, który przypominał o sobie od czasu do czasu niczym strażnik pilnujący porządku rzeczy. Wtedy na granicy bólu, tuż przed nadejściem spodziewanej ulgi, pliki i symbole, daty i sygnatury, którymi oznaczano badane nastolatki, i napis w klasztorze nad portalem, i uśmiech Dani, czarny kawałek trufla, i pełne troski oczy Miri, kiedy pytała mnie o zmarłego psa — wszystko to zaczęło toczyć się w moim umyśle niczym kula lepkiego śniegu, a wszystko, co po drodze porwało, powodowało, że ta kula była jeszcze większa i bardziej zwarta. Sprawa stawała się jasna. Nie miałam tylko pewności, co znaczą cyfry po literach, może liczbę prób albo jakieś wersje eksperymentu. Miri — Kl 1.2.1, Jules — Fr 1.1.1 i Max — Fr 1.1.2, Hannah — Chl 1.1.1, Amelia i Julia — Hd 1.2.2 i Hd 1.2.1, Ewa — Tr 1.1.1, Vito i Otto — JhC 1.1.2/JhC 1.1.1, Adrian — Jn 1.2.1, Thierry — JK 1.1.1.

To proste:

Święta Klara z Asyżu — ciało bez śladów rozkładu, od połowy XIX wieku eksponowane w kryształowej gablocie w bazylice Świętej Klary. Duży wybór relikwii, dobrze zachowane jasne włosy. Święty Franciszek — szkielet w dobrym stanie, w bazylice Świętego Franciszka w Asyżu. Jadwiga Śląska — też szkielet dobrze zachowany, relikwie rozsyłane przez kurię krakowską, kość z palca serdecznego w kościele w zachodniej Polsce. Ułamek kości świętej Hildegardy. Kawałki ciała świętej Teresy zwanej Małą, które nieustannie pielgrzymują po świecie. I jeszcze trzy pozostałe, których nie umiałam rozpoznać, ale zaraz uda się to zrobić, kilka kliknięć. Miałam wrażenie, że w grze w kółko i krzyżyk narysowałam właśnie w kratce piękne kółeczko.

Rano byłam już spakowana i zadzwoniłam po tę samą taksówkę, która przywiozła mnie tutaj ponad miesiąc temu. Kiedy czekałam na nią przed szkołą, zobaczyłam Miri siedzącą na parkanie. Uśmiechnęła się, a ja podeszłam do niej. Milczałam, nie potrafiąc ze wzruszenia wykrztusić słowa, patrzyłam tylko na jej zatroskaną, niewinną dziewczęcą twarz, na jej rumieniec.

— Klaro? — powiedziałam w końcu prawie niesłyszalnie.

Wcale się nie zdziwiła, gdy po chwili wahania wzięłam jej dłonie i położyłam sobie na czole. Dopiero po kilku sekundach zrozumiała, o co chodzi, i dotknęła także moich oczu i uszu, a potem położyła obie ręce na moim sercu, tam gdzie ich najbardziej potrzebowałam.

Kalendarz ludzkich świąt

Zima. Szare Dni

Ilon Masażysta najlepiej zna ciało Monodikosa. Jest mistrzem. I kimś niezastąpionym. Zna każdy centymetr kwadratowy jego ciała i kiedy wyciągnie przed siebie dłonie, może odtworzyć to ciało palcami, stworzyć nieuchwytny fantom z dotyków, muśnięć, leciutkich klepnięć, które mają pobudzić krążenie. Dokładnie wie, gdzie jest każda z blizn, i zna etapy ich gojenia, wie, gdzie kiedyś były zerwane ścięgna i czy się dostatecznie zrosły, w jakim miejscu pojawiły się krwiaki i czy się wchłonęły, zna każde zgrubienie, każdy szew, każdy ślad po złamaniu, każdy blok mięśniowy — wszystko to jest jego gospodarstwem, które z największą starannością prowadzi od dwudziestu czterech lat. Przedtem robił to jego ojciec. Ilon wie też, że je kiedyś utraci, ponieważ nie ma syna, któremu mógłby je przekazać.

Ale ma córkę.

Niedawno przyprowadziła ją do domu policja. Odtąd Ilon Masażysta codziennie sprawdzał, o której wraca, starannie ją obwąchiwał, a raz zrobił jej test na narkotyki. Nic nie wykazał. Problemy Oresty były innej natury. Wyglądało na to, że dziewczyna cierpi na jakiś rodzaj gniewnej depresji, co można by było przypisać hormonom i wiekowi burzliwej adolescencji.

Wobec córki miał ogromne, trwające od dawna i coraz bardziej tężejące poczucie winy. Ale nie z tego powodu, że nie umiał zaradzić chorobie, a potem śmierci jej matki. Nie dlatego również, że brakowało mu dla córki czasu i że nawet kiedy nie pracował i bywał w domu częściej, nie wiedział, jak z nią rozmawiać ani w ogóle co miałby jej powiedzieć, jeżeli już zaczęliby rozmowę. Nie chodziło o to. Ilon Masażysta po prostu żałował, że ona w ogóle się urodziła, ponieważ najprawdopodobniej nie czekało jej w życiu nic dobrego. Tak właśnie myślał i bardzo ubolewał, że ją spłodził, że przyszło im do głowy z żoną coś takiego jak dziecko. Była jego niedopatrzeniem, była grzechem.

Skończyła szesnaście lat, wyglądała jednak wciąż dziecięco. Miała długie kręcone włosy i była podobna do niego z twarzy, przez co nie wydawała się zbyt urodziwa. Martwił się o jej przyszłość i chociaż dobrze wiedział, że nie będzie mogła podjąć jego dzieła, uczył ją swego fachu. Ale ona, powiedzmy to sobie szczerze, wcale się do nauki nie rwała.

Kiedyś przyszła ze szkoły trochę wcześniej, gdy on już wychodził, i powiedziała:

— Ilon, będzie u mnie spała moja przyjaciółka.

Spłoszył się. Spojrzał na mieszkanie oczyma gościa — trudno było nie dostrzec, że jest zabałaganione i ciemne. Kiedy nie protestując, szukał kompletu dodatkowych kluczy, dowiedział się jeszcze, że przyjaciółka ma na imię Filipa i znają się od kilku miesięcy.

Wieczorem, gdy przyszła, zaskoczył go wygląd dziewczyny. Miał wrażenie, że była dużo starsza, niż twierdziła, że była dojrzałą kobietą, czego nawet jej chłopięca sylwetka nie mogła ukryć. Pocałowały się w usta na przywitanie, jemu podała rękę. Popatrzyła mu w oczy krótko, ale tak intensywnie, że odwrócił wzrok. Potem rozszczebiotane zniknęły w pokoju Oresty. Gdy wstał rano, wciąż panowała tam cisza.

Droga z domu do pracy zabierała Ilonowi Masażyście dwadzieścia minut piechotą. Najpierw szedł nabrzeżem mocno zanieczyszczonej rzeki, która niosła swoje ciemne, gniewne wody z cichym pomrukiem. Potem przechodził przez most, gdzie codziennie manifestowali ludzie, którzy odziedziczyli jakiś dawny protest, nikt z przechodniów nie pamiętał już, o co chodziło. Stali w milczeniu z ustami zaklejonymi czarną taśmą od rana do południa, potem po przerwie na obiad zastępowała ich druga zmiana.

Za mostem mieściła się dzielnica rządowa; żeby tam wejść, musiał pokazać przepustkę. Tutaj było prawie pusto, gwar miasta rozpływał się w wybrukowanych zaułkach, zniekształcał na oberwanych gzymsach, odbijał w bramach i zamieniał w dziwne echa na okazałych podwórkach.

Czasami Ilon Masażysta miewał niepokojące poczucie, że kałuże i plamy na tynku jakoś ze sobą korelują, rozmawiają, bawiąc się swoimi kształtami, porozumiewają się, plotkując na temat ludzi, mieszkańców tego ciemnego miasta. Zawsze też rzucały mu się w oczy jakieś ekipy naprawcze, które coś reperowały. Przy spawaniu na chwilę stawało się ładnie — iskry rozpryskiwały się na różne strony, a kałuże w kolorze rdzy łapały ich blask i przez moment wyświetlały na swoich ekranach.

Ilon nie potrafił marnować czasu, więc gdy tylko znalazł się w swoim królestwie, natychmiast zabierał się do przygotowywania sprzętu, mieszania olejków, sporządzania maści. Czasem po prostu sprzątał, niezadowolony z braku odpowiedniej dokładności, jaki wykazywali sprzątacze. W Szare Dni pracował dość intensywnie — masaż całego ciała odbywał się dwa razy dziennie, rano i wieczorem. Do tego dochodził osobny masaż stóp połączony z akupresurą. Wtedy korzystał z asysty specjalnie przydzielonego mu rekona. Kilka dni temu Ilon zdecydował się też zastosować tak zwane prądy Plessiego, które w zeszłym dziesięcioleciu wynalazł naukowiec z Uniwersytetu i które w niezwykły sposób stymulowały tkankę łączną. Po każdym masażu musiał również nanieść wszelkie najdrobniejsze zmiany na map-ciało. Wieczór wykorzystywał na przygotowanie instrumentów.

Według tradycji po każdym sezonie narzędzia trzeba chować w specjalnych metalowych skrzynkach. Dlatego dla Ilona Masażysty każdy rok zaraz po Wielkim Dniu zaczynał się tak samo — od odkręcania zardzewiałych śrubek ze skrytek, gdzie przechowywało się narzędzia na bieżący okres. Śrubki rdzewiały od agresywnej wilgoci i sypał się z nich ciemnoczerwony proszek. Jako mały chłopiec mówił ojcu, który zajmował się tym samym co on, że śruby krwawią. Jego ojciec był masażystą rekonem przez trzydzieści osiem lat, aż umarł, a wtedy — zgodnie z tradycją — schedę po nim przejął Ilon. Niestety, jako że ma córkę, będzie zmuszony w przyszłości przekazać swój fach komu innemu. Będzie to Aldo, syn jednego z rekonów; trzeba przyznać — zdolny. Ilon uczył go cierpliwie, ale serce wypełniał mu ból, do którego z czasem się przyzwyczaił.

Rdza sypała się więc mu na palce, drobny pył zostawał na rękawie. Metalowe skrytki korodowały i drzwiczki nie przylegały dobrze do ściany. Kiedyś skrytki były wykonane z plastiku, ale zjadły go specjalnie wyhodowane bakterie. Wpuszczono je wcześniej do mórz, żeby rozłożyły śmieci z plastiku, lecz one z czasem przeniosły się na ląd i ich ofiarą padł cały plastik na świecie. Po rzeczach z tworzyw sztucznych pozostały zaledwie zetlałe szkielety, fantom cywilizacji człowieka. Ludzie wrócili do metalu, zwłaszcza że bakterii nie udawało się wytępić. Metalu jednak ciągle brakowało, kosztował też drogo, i tam, gdzie się dało, zastąpiono go kauczukiem i drewnem. Sejfy Ilona Masażysty były jednak wykonane z najlepszego metalu, co nie uchroniło ich przed wszechobecną rdzą. Utrudnieniem było też to, że zakręcano je na śruby z półokrągłymi główkami. Po wielu latach główki się wytarły i rowek stał się zbyt płytki, dlatego ich zakręcanie i odkręcanie było prawdziwą męką.

Okres tuż po Wielkim Dniu to czas chirurgów i ortopedów, diagnostyka złamań i stłuczeń, doraźna pomoc w najpilniejszych sprawach. Gips na złamania, wzmacnianie odporności. Robi się szczegółowe badania mózgu i serca, sprawdza się skład krwi. Nie można dopuścić do krytycznej sytuacji, jak to było na przykład dwanaście lat temu, kiedy Monodikos nabawił się kwasicy metabolicznej. Wybuchła panika. Ilon przez kilka złowieszczych dni przyglądał się wysiłkom lekarzy i nic nie mógł zrobić.

Codziennie odbywała się krótka odprawa całego zespołu różnorakich specjalistów. Ilon trzymał z farmaceutami, lubił ich sposób myślenia: że na wszystko znajdzie się jakieś remedium i że nie ma sytuacji bez wyjścia. Często zaglądał do nich — warzyli, ucierali, mieszali. Zapach drogocennego pszczelego wosku mieszał mu się w nosie z miętą i eukaliptusem, gdy nachylał się nad kadzią, w której przygotowywano okłady. Najbardziej interesowały go blizny. Czasami okazywały się tak grube i głębokie, że uniemożliwiały dotarcie jego wszechwiedzących rąk do mięśni. Musiał lawirować między znamionami jak okręt między skałami. Niektóre miejsca, takie jak dłonie i przedramiona, były jedną nigdy do końca niezagojoną blizną. Dlatego ćwiczył na map-ciele zrobionym z najlepszej gumy, na którym skrupulatnie odwzorowywał najdrobniejsze nawet szczegóły ciała Monodikosa; na tym fantomie przygotowywał każdy ruch starannie obmyślanego masażu.

W domu — o czym nikt nie wiedział, poza Orestą oczywiście — miał drugie map-ciało, nielegalne. Trzymał je na werandzie, gdzie urządził sobie domową pracownię, przykrywał kocem, ludzki kształt jednak zawsze przezierał spod okrycia i wzbudzał w nim poczucie winy. Prawdziwe żywe ciało Monodikosa znajdowało się w Podziemiach Pałacu, w specjalnych, klimatyzowanych i ciągle odkażanych pomieszczeniach, gdzie dochodziło do siebie podpięte do kroplówek, pod lampami naświetlającymi, otoczone wszelkim potrzebnym sprzętem. Prywatne, nielegalne map-ciało w domu Ilona Masażysty było fantomem doskonałym. Dostał je po ojcu i doskonalił latami. Spędzał nad gumową postacią po kilka godzin dziennie, nanosząc na nią cierpliwie każdą zmianę, odwzorowując każdy centymetr kwadratowy ciała rzeczywistego. Map-ciało było manekinem z miękkiej gumy, kiedyś bardzo podatnej i sprężystej, dziś niestety kruszącej się i pękającej. Guma w dotyku przypominała ludzkie ciało, niby delikatne, ale stawiające zdecydowany opór. Kiedy wyjmował map-ciało i umieszczał je na stole do masażu, miał poczucie, że uczestniczy w jakimś rytuale, że robi rzecz uświęconą, niecodzienną. Lepiej mu było pogodzić się, niż walczyć z tym dziwnym uczuciem, więc położywszy manekina na stół i odkrywszy jego gumową nagość, cofał się o krok i wykonywał coś w rodzaju pospiesznego ukłonu. Przedtem oczywiście odprawiał identyczny rytuał oczyszczenia jak przed rzeczywistym ciałem Monodikosa. Wiedział, że to absurdalne, ale procedura ta pozwalała mu się lepiej skupić i całemu sobie zamienić się we własne dłonie. Kiedyś by przepędzić smutek — nie pamiętał, czy było to niedługo po śmierci żony, czy dużo później, kiedy przestał o niej myśleć, choć osad melancholii pozostał w nim już na zawsze — spędzał długie ciche godziny na modelowaniu twarzy Monodikosa; udało mu się odtworzyć jego pociągłe rysy, wielkie oczy i długi delikatny nos, oblicze ludzkie i nieludzkie zarazem. Zdawał sobie sprawę, że dopuścił się blasfemii. Kiedy pracował nad bliznami,

zakrywał jego twarz szalikiem z włóczki w czarno-
-żółte pasy. Trzymał map-ciało dla Oresty, żeby
ćwiczyła. A tę twarz zrobił dla siebie, żeby zawsze
czuć się nieswojo i pamiętać, w czym bierze udział.

W tym smutnym Szarym Czasie, kiedy wilgoć
wciskała się wszędzie i pod jej wpływem korodowały wszelkie śruby, zawiasy, złącza i spawy, stosunki
z córką zwykle wracały do normy, teraz może także
dzięki Filipie, która coraz częściej zostawała u nich
na noc. Oresta od niedawna zaczęła przychodzić
do niego na werandę, w milczeniu przyglądała się
przygotowywaniu narzędzi i nanoszeniu wszelkich
informacji na map-ciało.

Zawsze pomagała mu odrdzewiać śruby i czyścić
skrzynki. Wtedy ukradkiem patrzył na jej ręce —
czy by się nadawały. Tak, nadawałyby się. Miała
duże dłonie o pięknych paznokciach. Palce raczej
nie były zbyt smukłe, bardzo dobrze. Były za to
mocne, pewne. Zawsze ciepłe.

Narzędzia wolał jednak czyścić sam. Starannie
polerował każdą ich najmniejszą część. Były to
stare elektrody do pobudzania mięśni, naciągacze,
ekspandery, gumowane podkładki, wulkaniczne
kamienie do rozgrzewania kręgosłupa i mnóstwo
innych gadżetów, które wykorzystuje się przy ma-
sażach. Dostał je od ojca i niedługo miał przekazać Aldo. Córka podawała mu szmatki, odkręcała
słoiczki z pastą do czyszczenia. Czasami co najwyżej
wodą z octem przecierała powierzchnię podkładek.

Niewiele przy tym mówili. Widział, że szybko nudzi ją ścieranie szorstkim papierem zaśniedziałości wywołanych działaniem wszechobecnej wilgoci.

— Oresto, chodź, poćwiczymy — namawiał ją ciągle. Czasami nie mógł się przy tym powstrzymać, żeby nie położyć ręki na jej ramieniu oczywistym gestem władzy, który znaczył, że w końcu jest jej ojcem i ma nad nią pieczę.

— Po co? Strata czasu — odpowiadała zwykle.

Tym razem posłusznie wstała, nie po to jednak, by ćwiczyć. Odwróciła się do niego i — jak kiedyś, gdy była dzieckiem — położyła mu głowę na piersi. Znieruchomiał, zaskoczony i poruszony.

— Tato, jak to się skończy? Przecież to nie może trwać wiecznie — zapytała go przez koszulę, przez żebra i klatkę piersiową, nie patrząc na niego. Jego serce drgnęło.

Pytała go o to wiele razy. Nigdy jej na to pytanie nie odpowiadał.

Dziewczyna podeszła do map-ciała i zsunęła ręcznik, który spadł na podłogę, odsłaniając ogromną ilość znaczków na brzuchu i piersiach. Mnóstwo linii, kółek, zygzaków, zakreskowanych pól. Wyglądało jak mapa frontu wojennego. Dzięki użyciu różnych kolorów ołówka widać było wyraźnie, jak postępuje zniszczenie.

— Co to jest? — zapytała o zakreskowany na szaro obszar wielkości połowy dłoni. — Znowu cios mieczowy?

Cieszył się, że pamiętała terminy, których ją uczył.

— Nie, to niemy obszar — odpowiedział, nie patrząc na nią. — Jest go zdecydowanie więcej niż kilka lat temu.

Nie mówił jej wszystkiego. Nie opowiedział jej nigdy, co działo się pięć lat temu, kiedy przez całe trzy dni czynności życiowe Monodikosa wracały, by znowu zniknąć, coraz słabsze i słabsze. Nie pomogły cztery resuscytacje, bardzo gwałtowne. Potem przyszedł zator i trzeba było operować martwe ciało i mieć nadzieję, że się przebudzi. Wtedy, tych pięć lat temu, powrót okazał się szczególnie gwałtowny, mózg znowu uległ uszkodzeniu, bardzo poważnemu, a po wszystkim pojawił się paraliż prawej strony ciała łącznie z twarzą — co było bardzo widoczne. Wszystko poszło nie tak, jak powinno.

— To znaczy, że nie ma tu już czucia, czy tak? Zniszczone nerwy? — zapytała.

Przytaknął.

— Zasłoń go.

Spojrzał na nią. Jej gładkie policzki zaróżowiły się, gdy patrzyła na kukłę i wodziła palcem po liniach. Ciemne włosy zasłoniły pół jej twarzy. Ogarnęło go nagłe wzruszenie. Nikogo nie kochał tak jak jej. Musiał przełknąć ślinę.

— No, dobra, wznawiamy naukę. Codziennie będę cię uczył. — Odłożył ściereczkę i podszedł do niej. — Pokaż dłonie.

Wyciągnęła je odruchowo przed siebie. Chwycił je mocno, przez chwilę miętosił, a potem przyłożył sobie do ust i chuchnął na nie. Wyszarpnęła je zawstydzona tym nieoczekiwanym przypływem czułości.

— Masz świetne ręce: duże, mocne i ciepłe. Jesteś silna i mądra. Potrafisz wizualizować dotyk, z twoją wyobraźnią będziesz robiła wspaniałe mapy.

— Tato, to nie ma sensu... Mnie to brzydzi. — Odwróciła się i stanęła przy drzwiach, jakby miała wyjść; chwilę się namyślała, w końcu powiedziała: — Brzydzi mnie to, co robisz.

Wczesna wiosna

Pojawił się trzysta dwanaście lat temu. Podobno byli jeszcze inni, choć większość ludzi ma kłopot, by sobie wyobrazić tych innych. Tacy sami jak on? Jak to możliwe? Przecież on jest tylko jeden. Monodikos. Wyjątkowy, Jedyny, Zupełny, „Caluśki", jak mówiło się o nim dzieciom, które odtąd dorastały w poczuciu własnej niedoskonałości i niepełności. Nie istnieje liczba mnoga od imienia Monodikos. W jakiś sposób ta jedyność była warunkiem świętości, o innych się więc milczało. Gdyby byli inni, ludzie posunęliby się do politeizmu, do jakiejś prymitywnej i dziecinnej wiary w to, że cud może być powszechny, że może zostać powielony. Wtedy jednak cud przestaje być cudem. Dlatego o innych się nie mówiło.

Przyszedł, gdy wszyscy najbardziej go potrzebowali, gdy katastrofa z plastikiem zniszczyła nie tylko domy, fabryki i szpitale, ale również zakwestionowała niektóre pojęcia. Dzieła zniszczenia dopełniła wojna. Kiedy spadały satelity, wyglądały jak pociski, jak noże wymierzone w Ziemię. Ludzie nie mogli przypomnieć sobie słów, a kiedy ich brakowało, nie można było ich użyć, a więc i opisać tej części świata, która odchodziła w niebyt, a skoro nie można było jej opisać, to się o niej nie myślało. A skoro się nie myślało, to się zapominało. Prosty trening nieistnienia.

Wszyscy uważali, że przyszedł w reakcji na ich prośby, że odpowiedział na błagania. Mówi się w hymnie śpiewanym w czasie świątecznym, że „otworzyły się wtedy bramy piekieł", a potem długo trwała dyskusja, czy istnieje słowo określające przeciwieństwo „piekła", ale nie, nie było takiego słowa. A przynajmniej nikt go nie pamiętał. Ilonowi „piekło" zawsze kojarzyło się ze śrubami w skrzynce i wyobrażał sobie, że owe bramy piekieł otwierały się z potwornym zgrzytem, jak jego pudełka z narzędziami, tyle że ich zgrzyt słychać było na cały świat. Monodikos przyszedł i właściwie — tak uważa Ilon Masażysta — powinniśmy pominąć milczeniem, czy byli z nim inni, czy nie, i całe to gadanie, skąd i jak. To temat do dyskusji dla licealistów, dorosłym ludziom nie są potrzebne takie roztrząsania.

Pojawił się i pozwolił się pojmać, i oddał się w ręce ludzi. Od tego momentu całe zło świata zostało zatrzymane. A przynajmniej wszyscy w to wierzyli.

Oresta ostatnio rzadko bywała w domu. Wtedy wchodził do jej pokoju i stał na środku, przyglądając się przedmiotom, które do niej należały: książkom, nocnej koszuli przerzuconej przez oparcie starego krzesła, szczotce, na której pobłyskiwały pojedyncze włosy. Patrzył na jej pluszowego żółtego psa, którego nazwała Pierożek, zanim jeszcze dobrze nauczyła się mówić, na toaletkę, gdzie z wielką starannością ustawiła kosmetyki odziedziczone po matce, wysuszone szminki w drewnianych oprawkach, puste butelki po perfumach, których zapach dawno rozłożył się na atomy. Sunął wzrokiem po regałach jej dziecinnych wciąż książek — ilustrowanych przygód bajkowych bohaterów i różowych księżniczek. Kiedyś wśród podręczników szkolnych znalazł plik broszurek o czerwonych okładkach i niedbale zadrukowanym wnętrzu. Jedna z nich nosiła tytuł *Świat do zmiany. Filozofia łagodnej rewolucji*. Kiedy ją otworzył, jego oczy spoczęły na wewnętrznej stronie okładki, gdzie ołówkiem zapisała zdania, a po każdym z nich tkwił pytajnik. Zapamiętał je mimo woli, zły na swoją pamięć, która odtąd nie dawała mu spokoju.

„Skoro świat jest stworzony na miarę człowieka, to dlaczego czujemy, że nas przerasta? Dlaczego sprawy naturalne wydają nam się przerażające albo wstydliwe? Skąd wiemy, że coś jest dobre, a coś złe? Skąd w nas zdolność surowego sądzenia? Dlaczego świat jest światem braku? Dlaczego zawsze jest niedomiar — jedzenia, pieniędzy, szczęścia? Dlaczego istnieje okrucieństwo? Przecież nie ma żadnego racjonalnego uzasadnienia... Dlaczego możemy patrzeć sami na siebie, jakbyśmy patrzyli na obcą osobę? Czy to jest to samo oko — to, które patrzy, i to, które się widzi? Kim my jesteśmy, skąd się wzięliśmy? Kim jest Monodikos? Czy Monodikos jest dobry? Dlaczego jest taki słaby i pozwala na to wszystko, co się z nim robi? Czy nasz świat jest zbawiony?"

Przyglądał się jej dziecinnemu jeszcze pismu z miękko w dół wyciągniętymi ogonkami „g" i „j". Były kroplami, które wisiały u rządków pisma, jakby te wszystkie pytania miały się rozpuścić i spłynąć jak deszcz.

Jednej nocy wrócił późno i zobaczył, że u niej jeszcze się świeci. Cicho zapukał do jej drzwi. Szybko zgasiła światło i udawała, że śpi. Nie dał się zwieść, wszedł mimo to i usiadł przy niej na łóżku. Odgarnął jej włosy z twarzy. Pomyślał, że odpowie na wszystkie jej pytania, tak jak umie, ale przestraszył się, że wtedy wyda się, iż grzebał w jej rzeczach.

— Istnieje ekonomia zbawienia — powiedział. —
Wszystko, co dobre, trzeba drogo okupić. Sami nie
umieliśmy tej ekonomii ani poznać, ani użyć. Mieliśmy marnych księgowych, którzy widzieli wąsko
i nie wszystko rozumieli. Za dobro trzeba zapła-
cić. To jest cały sens tej ekonomii: prosty i słusz-
ny, od trzystu dwunastu lat całkowicie oczywisty.
Dlatego co roku, w czasie największych ciemności przychodzi Wielki Dzień i to, co go poprzedza.
Rozumiesz?

Nie otworzyła oczu, gdy mówił, ale jej powieki
drżały. Po chwili powiedziała:

— Tato, Filipa zamieszka na stałe z nami przez
jakiś czas. Będzie spała w moim pokoju.

Pieczołowicie budowana chwila intymności
prysła.

— Jestem rekonem, nie mogę przyjmować pod
swój dach ludzi z ulicy.

— Tato, tylko kilka dni, najwyżej tydzień, dwa.
Ona nie ma gdzie pójść. Mąż ją bił. Zabrał jej
dziecko.

Ilon wstał kompletnie zaskoczony tym nagłym
wtargnięciem świata do swojego domu.

— Skąd ty ją w ogóle znasz? To nie jest koleżan-
ka dla ciebie.

Prychnęła.

— Jestem wolnym człowiekiem. A to jest także
moje mieszkanie, po mamie — rzuciła i odwróciła
się do ściany.

Wiosna. Okazanie światu

W tym roku Okazanie wyglądało raczej skromnie. Z powodu ulewnych deszczy uroczystość odbyła się w Pałacu pod okiem kamer. Nadawano tylko przekaz telewizyjny, w którym Monodikos przystrojony w uroczysty strój stawał się Phorosem, Niosącym w Przyszłość. Odkryte ramiona i klatka piersiowa lśniły i trudno się było domyślić, że przedtem makijażyści poświęcili jej kilkadziesiąt godzin pracy. Podobnie piękna, charakterystyczna twarz Monodikosa prezentowała się znakomicie. Zresztą kamery nigdy nie podjeżdżały zbyt blisko.

Ilon, który stał z Aldo w studiu, był dumny z efektu swojej pracy. Monodikos jeszcze nie chodził, ale jego kręgosłup był w dobrym stanie i złamana kość ramieniowa zrosła się cudownie szybko. Zaraz po ceremonii Okazania odwieziono go do Pałacu i Ilon nie męczył go już masażem. Monodikos miał zjeść kolację samotnie.

Ilon, też samotnie, wracał do domu. Ludzie zaczynali wychodzić na ulicę, bladzi po Szarych Dniach zimy — robili zakupy, na straganach pojawiły się pierwsze wiosenne kwiaty. Zaczynał się długo oczekiwany festyn, wielkie radosne święto jedzenia i picia, święto miłości, płodzenia dzieci i planowania przyszłości. Okazanie było powrotem świata w stare koleiny, miało upewniać ludzi, że wszystko dzieje się tak, jak ma się dziać.

Szedł wolno i przyglądał się miastu pełen poczucia dobrze spełnionego obowiązku, tego doznania, które zawsze skutecznie ratowało go przed popadnięciem w melancholię. Deszcz zmywał wszechobecną rdzę i tworzył małe czerwone strumyczki, które pchane swoim instynktem uparcie dążyły do połączenia się z rzeką. Na moście z powodu święta nie było protestów, dlatego wydał mu się on dziwnie opuszczony. Kupił nowalijki i podwiędniętą gałązkę kwitnącej forsycji. Od kiedy w domu gotowała Filipa, nie robił już sprawunków, zostawiał na stole pieniądze, które w rękach obu kobiet cudownie zamieniały się w potrawy. Co dzisiaj wymyśli Filipa, czy istnieje jeszcze jakaś potrawa, której Filipa nie potrafi ugotować? Najczęściej zostawiały mu jedzenie w lodówce, bo wracał późno. A wracał późno, bo nie chciał z nimi jeść. Martwiła go obecność Filipy, miał wrażenie, że nieudolnie podszywała się pod kogoś, imitowała cudze życie, jak ćma, która na skrzydełkach ma wzór kory drzewa, choć drzewo już przestało istnieć.

Ilon myślał wciąż o tym samym — o ciele Monodikosa.

Monodikos miał brązowawą suchą skórę, szczególnie na podudziach i ramionach. Bywała szorstka, źle przyjmowała najlepsze nawet nawilżacze. Niektóre z tych mikstur stworzono specjalnie dla niego w pałacowym laboratorium, cały zespół farmaceutów pracował dla jego skóry i co roku

przygotowywał mu nowe zestawy. Jego smukłe pokiereszowane ciało leżało rozciągnięte na stole pełnym czujników. Oddychał równo, trzydzieści trzy
razy na minutę w czasie snu, czterdzieści — gdy nie
spał. Ilon dobrze znał ten rytm. Kiedy go słyszał,
uspokajał się natychmiast, można nawet powiedzieć, że wpadał w stan przypominający medytację.
Następnego dnia zaczęli pracę.

— Podaj mi olejek — powiedział szeptem, od-
wracając głowę ku Aldo. Chłopak ostrożnie nalał
do wnętrza dłoni Ilona kilka kropel olejku. Poczuli
w nozdrzach jego intensywny ostry zapach. Plecy Monodikosa poruszyły się, jakby brał głęboki
wdech. Aldo patrzył na ręce swojego nauczyciela,
przejęty śledził wzrokiem każdy ruch jego dłoni
i palców, drobne poruszenia, które tworzyły subtelne leczące wibracje. Był bystry i dobrze przygotowany do fachu w szkole, w której przez cztery lata
uczył się fizjoterapii. Znał po grecku nazwę każdego najmniejszego mięśnia. Ilon raz po raz rzucał nań ukradkowe spojrzenia, sycąc się widokiem
jego zachwytu. Starał się go pokochać jak syna, bo
wiedział, że bez tej miłości nie będzie potrafił przekazać mu tego, co w tej pracy najważniejsze, dziwnego miękkiego uczucia, które pojawia się nagle
skądś z głębi ciała i stawia całe nasze „ja" w gotowości do utraty granic. Chodzi o współczucie.
Bez niego nie można nikomu pomóc. Aldo je miał,
był nie tylko bardzo zdolny, ale i wrażliwy, Ilon

jednak wolałby, żeby teraz na jego miejscu była Oresta.

— Widzisz — mówił dalej Ilon Masażysta do swojego ucznia — masaż stabilizuje czas, bo tylko czas ciała jest prawdziwy. Jakże łatwo go popsuć. Gdyby nie masażyści, świat popadłby w chaos.

Monodikos był dzisiaj spokojny i rozluźniony; może właśnie tak działało wczorajsze wino do kolacji. Pewnie usnął. Ilon nigdy nie odzywał się, gdy masował, Monodikos tego nie lubił. Kiedyś, za czasów ojca, puszczano mu muzykę. Ale potem przestano. Ilon wiedział przecież, że Monodikos jest niemal głuchy od czasu, gdy dwadzieścia pięć lat temu został potężnie uderzony w głowę. Cała kość skroniowa popękała, a jej kawałki uszkodziły mózg. Operacja trwała długo, sprowadzono potężne mikroskopy i specjaliści łączyli nerwy cieńsze od włosa. Od tamtej pory Monodikos nie mówił. Badania wykazały, że wszystkie uszkodzenia mózgu zregenerowały się, mimo to Monodikos nawet nie próbował mówić, jakby stracił zainteresowanie komunikacją z otoczeniem. Ilon słyszał jego głos dawno temu, w pierwszym roku swojej służby, ale go już nie pamiętał. Przypominał sobie tylko, że wydał mu się wtedy „zdarty", tak sobie go nazwał, ale w rzeczywistości nie wie, jak brzmiał.

Aldo wciąż patrzył z zachwytem na ręce Ilona Masażysty, rekona, mistrza rekonwalescencji, po którym obejmie służbę, i wiedział, że za chwilę

219

będzie musiał powtórzyć całą procedurę dotyków, głaśnięć i ugniatań na map-ciele. Ilon mówił cicho:

— Patrz, co robię, patrz, jak jednym ruchem próbuję sięgnąć nieco głębiej, pod powierzchnię skóry, między mięśnie. Potrafię dotykiem odróżnić energię samego mięśnia i jego przyczepu, są odmienne. Patrz tutaj, ten mięsień lekko wibruje, każdy inaczej, przyczep już nie. Ma to związek z naczyniami, które noszą krew. Krew jest cudownym wynalazkiem, Aldo. — Ilon chrząknął i zniżył głos do ledwie słyszalnego szeptu, ograniczył się prawie do samego ruchu ust. — On ma nieco inny skład krwi, niesie zdecydowanie więcej tlenu, to też czuje się palcami.

— Czuje się tlen?

— Nie, nie tlen. Zobaczysz sam kiedyś, to ciało ma jakby więcej woli, mocy. Sam zobaczysz.

Chłopak zamilkł. Gdy potem pracował na map-ciele, Ilon wrócił do kwestii krwi:

— Jakieś czterdzieści lat temu badano mu krew bardzo dokładnie. Znamy jej skład, ale nie wiemy do końca, co z tego składu wynika. Nie różni się aż tak bardzo od krwi nas wszystkich, a jednak jest za bardzo utleniona, nie moglibyśmy jej używać. Myślę, że gdyby to było możliwe, używalibyśmy jej. — Odsunął się nieco, żeby chłopak lepiej widział, co robi. — I gdyby miała jakieś wartości uzdrawiające, hodowalibyśmy go na krew — dodał nagle i sam przestraszył się tego, co powiedział.

Chłopiec spojrzał na niego niespokojnie, a potem udał, że nic nie zostało powiedziane. Odwrócił wzrok.

Ilon wiedział dobrze, skąd ten niepokój, i sam też wolał o tym nie myśleć. Kiedy jeszcze dozwolone były eksperymenty medyczne związane z Monodikosem, wierzono, że gdyby wstrzykiwać surowicę z jego krwi ludziom, to leczyłoby to ich ze wszystkich chorób. Ale te eksperymenty zostały zarzucone, gdy zmieniła się władza, i prawdę mówiąc, przyniosło to Ilonowi ulgę. Teraz w ogóle nie uważa się, że Monodikos ma ciało, choć jednocześnie wszystko opiera się na ciele Monodikosa. Tak samo jak nie mówi się, że krwawił, tylko że „czerwienił"; nie został uderzony, tylko „muśnięty"; nie, że miał złamaną nogę, tylko „trzaśniętą kończynę". Ilon, rekoni i farmaceuci byli więc niejako tajną jednostką, zajmującą się czymś, co istnieje tylko mgliście. Byłoby skandalem, gdyby dyskutować w mediach na przykład nad stanem wątroby Naszego Brata Monodikosa, Phorosa, Niosącego w Przyszłość.

Gdy jedli obiad w dużej pustawej stołówce Klinik, Ilon ukradkiem przyglądał się Aldo, przyszła mu bowiem do głowy szalona myśl, że mógłby go poznać z Orestą. Jako jego żona miałaby dostęp do Klinik, mogliby pracować razem. Aldo był młodszy od Oresty i wydawał się zupełnie chłopięcy — to byłoby tak, jakby pożenić ze sobą dzieci.

Wyciągnął do niego dłoń przez stół i pokazał mu jej wnętrze. Czuł tam jeszcze ślad po dotyku Monodikosa. Tak mu zawsze Monodikos dziękował — muskał palcami jego dłoń. Jeszcze przez kilkanaście minut Ilon wyczuwał to miejsce, jakby rażono go lekkim prądem. Aldo nieśmiało dotknął jego dłoni opuszką palca, chyba wyczuł subtelną wibrację, bo podniósł wzrok na nauczyciela — patrzył ze zdumieniem i szacunkiem. Aldo, który w masażu uczestniczył jedynie jako pomocnik i świadek, nie mógł jeszcze dotykać Monodikosa, stał tylko w pobliżu, wyciągając głowę, żeby zobaczyć jak najwięcej. Ilonowi przypominał jego samego sprzed lat, kiedy towarzyszył ojcu.

Ojciec Ilona był twórcą teorii mówiącej o powiązaniu pamięci z ciałem — koncepcji, która już na dobre zadomowiła się w świadomości masażystów. Ale oczywiście jeszcze trzydzieści lat temu uznawano ten pomysł za oszustwo. Ojciec utrzymywał, że stymulacja każdego centymetra ciała powoduje wzbudzenie jemu tylko właściwej pamięci i że ciało ma na swojej powierzchni punkty, którymi włącza się przypływy wspomnień. Badał to na setkach ludzi i stworzył wielowymiarową mapę, bo odkrył, że sensory pamięci znajdują się nie tylko w wierzchniej warstwie, ale także w kilku głębszych, więc ten model skórnej pamięci musi być wielowymiarowy.

Z czasem powszechnie uznano prawdę, że ciało zachowuje pamięć przeszłych wydarzeń i przeżyć, że przetrzymuje je w sobie niczym w archiwum. Nikt już obecnie nie zaprzeczy oczywistym ustaleniom nauki zwanej somologią i takim podstawowym prawom jak prawo nazwane imieniem ojca Ilona, Tea: im głębsze warstwy mięśniowe ciała i im bliżej splotu słonecznego, tym starsze wspomnienia. Dziś lekarze, a zwłaszcza masażyści i psychoterapeuci, powszechnie posługiwali się mapami ciała, wiedząc, że da się z niego uwolnić najbardziej subtelne wspomnienia za pomocą odpowiednich ucisków i masaży.

Ojciec Ilona pracował w ten sposób z Monodikosem. Wtedy Monodikos jeszcze mówił. Ale co usłyszał Teo, jakie Monodikos miał wspomnienia? Ojciec robił jakieś zapiski, ale na pewno nie zostawił ich synowi. Może je zniszczono? Może nie było już potrzeby, żeby ktokolwiek wiedział, skąd wziął się Monodikos i kim był. Może lepiej w ogóle nie zadawać sobie tego pytania, bo on nie powinien mieć żadnej przeszłości. Historia Monodikosa zaczyna się od owego dnia trzysta dwanaście lat temu, gdy znaleziono go na pustyni.

Ale Ilon Masażysta na swoim prywatnym map-
-ciele, tym, które leżało ukryte na werandzie, tym odziedziczonym po Teo, tym, które miała kiedyś przejąć Oresta, widział to, co zostawił mu ojciec: ocean znaków pozbawionych treści, wszystkie możliwe kombinacje — od alfy po omegę.

223

Wiosna

Z wiosną Filipa zamieszkała u nich na dobre. W łazience suszyła się jej bielizna, której widok zawsze zawstydzał Ilona. W lodówce na jej wydzielonej półce stały pojemniki z przeciwalergiczną żywnością. O świcie wychodziła do pracy (nie dowiedział się jeszcze, co robiła, zawsze go zbywała). Widywał ją rzadko, raz w tygodniu, gdy w dzień świąteczny jedli razem obiad. Oresta wyspokojniała, uczyła się pilnie, za rok miała egzaminy, po których zamierzała podjąć naukę na wyższym poziomie, ale dziewczęta musiały uzyskać więcej punktów niż chętni chłopcy i zawsze dla nich brakowało miejsc. Ilon miał jednak nadzieję, że dzięki jego pozycji pozwolą jej na dalsze studiowanie. Co robił w tym kierunku? Otóż zdobył się na odwagę i poprosił o protekcję głównego rekona. Tamten ze zrozumieniem pokiwał głową. Wydawał się przychylny. W jego gestach zaznaczało się ledwie tylko skrywane poczucie wyższości, on sam miał trzech synów — wszyscy byli szykowani na rekonów, a jeden z nich miał objąć w przyszłości stanowisko po ojcu.

Widywał głównego rekona prawie codziennie. Wysoki mężczyzna, z siwą brodą, który nigdy nie okazywał żadnych emocji. Wszyscy mieli teraz dużo pracy, bo, jak się okazało, Monodikos w tym roku gorzej dochodził do siebie, rany nie goiły się tak szybko jak zawsze. Główny rekon zlecił szczegółowe badania. Podejrzewano infekcję, ale nie wiedziano, jak ją leczyć. W ogóle do tej pory nie zdawano sobie sprawy, że Monodikos może przechodzić jakąkolwiek infekcję. Ilon starał się masować bardzo delikatnie. Czasami tak bardzo bał się tknąć to zmizerowane pokaleczone ciało, że pozostawał przy zwykłym uspokajającym głaskaniu. Farmaceuci wymyślili teraz nowe okłady z mchu północnego, który miał działanie regeneracyjne i pobudzające. Zamieniali Monodikosa każdego przedpołudnia w półleżący, ciemnozielony, obrośnięty mchem posąg, przed którym ustawiali miseczki z esencjami zapachowymi wspomagającymi leczenie. Ilon całą wiosnę dorysowywał na swoim map-ciele nowe znaczki. Tam, gdzie Teo napisał tajemniczo „dzieciństwo-woda", Ilon, jego syn, nadpisywał: „pęknięty mięsień dwugłowy", a tam, gdzie znajdował się „widok czarnych słońc", dodawał „zerwane ścięgno Achillesa"; pod malutkim napisem „matka" (ze znakiem zapytania) był „krwiak nad pośladkami" (potężny, fioletowy, goił się kilka miesięcy i jeszcze nie zniknął); dalej ze słowami „towarzysze podróży", „biały świt nad oceanem", „lądowanie" sąsiadowały „połamane kości śródręcza lewej dłoni", „wywichnięcie stawu skokowego", „zmiażdżona rzepka kolanowa", „krwotok wewnętrzny" (miał na to specjalny znak), „uszkodzenie trzustki". Gumowa sylwetka ginęła pod tym pismem bólu.

Ostatnimi laty Powrót opóźniał się systematycznie, acz nieznacznie, o sekundy. To bardzo niepokoiło rekonów, choć w czasie corocznych transmisji w Wielki Dzień, kiedy to kamery całego świata, skupione na dłoniach Monodikosa, czekały na pierwszy ruch jego palców, wydawało się to niezauważalne. Czy rzesze widzów na całym świecie zdawały sobie z tego opóźnienia sprawę? Ilon myślał, że nie, nikt tego oficjalnie nie zauważył. A jeżeli nawet, to nie wolno byłoby o tym mówić i publicznie tego nie ogłoszono. Zresztą ludzie byli zbyt skupieni na czekającym w lodówkach jadle, na świecach gotowych na zapalenie od jednej zwyczajowej zapałki, na strojeniu instrumentów, żeby w rodzinnym gronie zagrać i zaśpiewać wreszcie *Przyszedł gość w nasz skromny dom*. Tylko rekoni zdawali sobie sprawę z przeciąganych sekund, ze słabości pierwszych impulsów nerwowych, co mierzyły czułe instrumenty pełne miedzianych przewodów i lamp. Ilon bał się, że któregoś razu to się nie uda, że Okazanie się nie odbędzie. I z pewnością będzie to oznaczało koniec świata. Wygląda na to, że był człowiekiem grzesznym i małej wiary. Bo jednak — za sprawą tego samego cudu, który dokonuje się regularnie każdego roku od trzystu dwunastu lat — Monodikos, Phoros, Niosący w Przyszłość, obudził się. I odtąd Ilon Masażysta prawie nie wychodził z pracy. Tak było przez cały czas Seiry, kiedy to panowały porządek, sytość i zadowolenie, a Monodikos dzięki wysiłkowi całego pułku rekonów dochodził do siebie.

Przesilenie letnie. Harmonia

Czas Harmonii rytualnie zaczynał się od spaceru po mieście, jedynym takim w roku. Wyglądało to bardzo naturalnie i spontanicznie, ale było drobiazgowo przygotowane. W dyskretnej odległości policjanci po cywilnemu pilnowali ich niedużego orszaku. W dostawczym vanie, który miał na boku napis „kwiaty", mieściło się wyposażenie najnowocześniejszego ambulansu. Trochę dalej stał duży autobus z zaciemnionymi szybami pełen żołnierzy.

Wyszli trochę wcześniej, tuż przed południem — Monodikos na wózku i rozproszona świta — żeby wykorzystać piękne letnie słońce, bo meteorolodzy ostrzegali, że po południu będzie padać czerwony deszcz. Wózek popychał osobiście główny rekon; za nim podążała dyskretna ochrona. Ilon i Aldo też szli w tym rozszemranym tłumie trochę z tyłu. Ilon widział ze swojego miejsca szerokie plecy Monodikosa i jego głowę przykrytą kapturem. Duże okulary słoneczne skrywały połowę jego drobnej pociągłej twarzy.

Orszak jak co roku przechodził przez bazar. Ludzie czekali tu od wczesnego ranka, choć ostentacyjne wyrażanie sympatii było zabronione. Nie pozwalano im podchodzić bliżej, ale i tak przeciskali się przyjaźnie, atmosfera stawała się luźna, zawsze tak było w pobliżu Monodikosa, przy nim poprawiał się humor, rosła ufność, wszyscy czuli lekki rausz. Mono, Nasz Brat, odpowiadał uśmiechem spod kaptura — trochę krzywym i bolesnym. Kaptur nie zasłaniał wszystkiego. Ludzie podawali mu przez ochronę drobne prezenty — bukiecik kwiatów, czekoladki, zabytkowego misia z łuszczącej się gumy. Główny rekon odbierał mu te rzeczy i oddawał do tyłu, gdzie ginęły w sakwojażach ochrony.

Ilon korzystał z okazji i ściszonym głosem pouczał młodego przejętego Aldo:

— Widzisz, jak dobrze trzyma głowę, wczoraj rozmasowałem mu kark, od razu są efekty. Masaż o tej porze roku musi być lekki, relaksacyjny, bo mięśnie już prawie całkiem doszły do siebie, a pod skórą pojawiła się nawet cieniutka warstewka tłuszczu, przez co sama skóra jest miękka i nawilżona...

Tak mówił, ale Aldo słuchał tylko jednym uchem. Wychylał się, żeby przez tłumek zobaczyć, co dzieje się z przodu. Tam powstało jakieś zamieszanie, bo cały orszak stanął.

Monodikos co roku chętnie zatrzymywał się przy stoisku z T-shirtami i tam zawsze robiono mały pokaz. Wybrani sprzedawcy, ci, którzy regularnie płacili podatek i byli dobrymi obywatelami, wkładali na siebie koszulki i paradowali przed Monodikosem, prezentując najdowcipniejsze napisy. Śledził ich wzrokiem spod nieco opuszczonej głowy. Jego inteligencja była trochę inna niż ludzka. Bardziej syntetyczna. Może dlatego odpowiadał mu taki dziwaczny rodzaj mediów — T-shirty, zamiast gazet i skąpych telewizyjnych wiadomości. Przedstawiono na nich cały świat i jego problemy, wszystko w najbardziej skondensowanej formie, z dodatkiem ironii i sarkazmu, najlepszych przypraw. Te, na których zatrzymał wzrok, stawały się modne, ich sprzedaż wzrastała. Rozpowszechnił się zwyczaj, że w końcu przedzierali się przez niezdecydowaną (albo wyrachowaną) ochronę młodzi ludzie i wkraczali na ten wybieg, ale napisy na ich młodych szczupłych piersiach już nie śmieszyły. Domagali się zaprzestania wojen toczonych na peryferiach, zmiany prawa na sprawiedliwe, równości dla kobiet, zatrzymania katastrofy ekologicznej, tej kwaśnej rdzy, która zagarniała świat. Zwykle wszystko kończyło się dobrze, młodzież była łagodnie usuwana, wózek z Monodikosem ruszał dalej, między straganami, aż do placu, gdzie na chwilę zostawiano go samego, otaczając tylko dyskretnym kordonem. Tkwił tam samotnie na wózku, sam wobec miasta i nieba, jakby ludzie musieli go okazać kosmosowi — że jest i żyje.

Potem trasa spaceru biegła nad rzeką, orszak ruszał nabrzeżem i tam znowu przystawano na dłuższą chwilę, bo Monodikos lubił patrzeć na wodę. Ilon pamiętał, że kiedy zaczynał pracę, Monodikos, który jeszcze jako tako chodził, zwykł wtedy wstawać i podchodzić do samego brzegu, tak że woda obmywała mu czubki butów. Potrafił długo stać jak zahipnotyzowany grą świateł na powierzchni wody, wpatrzony w rozgrywki wiatru, który sam będąc niewidzialną przyczyną, wywoływał widzialny skutek w postaci fal. Kiedyś podobno miał powiedzieć (kiedy jeszcze mówił), że ruch fal jest wzorem na mądrość. Cokolwiek to miało znaczyć.

Teraz Monodikos już nie wstawał z fotela. Jego głowa przechyliła się nieco na bok i Ilon przestraszył się nawet, że może usnął. Nie byłby to dobry znak: spanie w dzień. Może w organizmie Mono dzieje się coś z elektrolitami — zaniepokoił się, a po jego ciele rozlało się nowe, nieprzyjemne uczucie, które miewał coraz częściej, wewnętrzny głuchy łomot paniki.

Główny rekon też zauważył, że Monodikosowi opadła głowa, i zarządził powrót. Orszak niezgrabnie przeformował szyki, wózek zawrócił i krótszą drogą ruszył do Klinik, na przełaj przez niewykorzystywane od dawna pałacowe ogrody, przysypane czerwonym pyłem, w którym koła zostawiały prostą dwulinię. Ilon wiedział, że musi być w pogotowiu, choć zwykle wystarczały kroplówka i trochę spokoju. Tak czy owak Ilon i Aldo czekali obok przygotowanego na każdą okoliczność stołu, wśród otwartych buteleczek z olejkami, w pełnej gotowości, z najgłębszym oddaniem. Pewnie skończy się na zaordynowaniu na jakiś czas kołnierza ortopedycznego, jak w zeszłym roku. Wszystko będzie dobrze.

Zawsze zaskakiwała go ta nieludzka ufność Monodikosa, spontaniczne, pełne nadziei i całkowite oddanie się w ręce ludzi, na dobre i złe. Człowiek stawał wobec tego totalnego oddania bezradny, oszołomiony własną wszechmocą, a jednak słaby. Ilon miewał czasami napady szlochu. Wyglądały jak kaszel — jego organizm krztusił się zaufaniem, jakim został obdarzony, jakby naczynie, a czymś takim przecież był, nie mogło znieść tej ilości łagodnego dobra, która weń wpływała, i musiało pęknąć pod jego naporem.

Ciało Monodikosa miało ogromną zdolność samoleczenia. Oni, te zastępy rekonów, tylko mu w tym towarzyszyli. Taka była prawda.

Kiedy w końcu w nocy Ilon wracał do domu i pod prysznicem oglądał swoje czterdziestodwuletnie ciało, starał się go nie porównywać do tamtego. Jego ciało było zwyczajnie ludzkie. Zdecydowanie jednorazowe.

Równonoc jesienna.
Wybór Godnych

Obecność Filipy właściwie nie sprawiała żadnego kłopotu. Dziewczyna wychodziła rano i wracała wieczorem. Widział w łazience jej szczoteczkę do zębów i tani krem do twarzy. Kilka razy wrócił do domu akurat wtedy, gdy z Orestą jadły kolację, więc dosiadł się do nich i zjadł im prawie całą sałatę, którą lubił szczególnie.

— Filipa zrobiła — chwaliła Oresta przyjaciółkę.

Filipa niewiele się odzywała, rzucała tylko na niego krótkie przenikliwe spojrzenia, w których podziw mieszał się z niechęcią. W ogóle nie wiedział, o czym może myśleć ta obca kobieta, która z powodu Oresty stała się częścią i jego życia. A już zupełnie nie miał pewności co do jej uczuć. Bardzo niewiele mówiła o swojej pracy — okazało się w końcu, że pracuje w Bibliotekach Miejskich — a o swoim życiu rodzinnym wcale. Ilon raz ją o to zapytał, dość delikatnie, jak to on, ale spuściła wzrok i umilkła na dłuższy czas. Pomyślał, że ten temat jest jak „niemy obszar" na ciele Monodikosa — oddzielony od reszty, zsunięty w niewyrażalność. Nie pytał o to więcej.

W telewizji nieustannie teraz pokazywano lokalne losowania Godnych. Ci, którzy się zakwalifikowali, tworzyli kilkudziesięcioosobową grupę kierowaną do głównego losowania — Łutu Szczęścia. Następowało ono pod koniec września, kiedy świat stygł po zabójczych letnich upałach, które za chwilę miały zamienić się w uporczywe deszcze. Losowanie było transmitowane przez wszystkie stacje. Potem, w Dzień Powagi, gdy długość dnia zrównywała się z długością nocy po raz drugi w roku, wybierano sześcioro Godnych z Godnych, którzy tworzyli Stigmę. Symbol Stigmy — stara litera przypominająca sierp albo hak — widniał odtąd wszędzie, począwszy od koszulek, kartek z życzeniami i reklam, a skończywszy na kubkach. Życiorysy Godnych szczegółowo omawiano i dyskutowano, a ich twarze już po dwóch tygodniach stawały się bardziej rozpoznawalne niż twarze wszelkiej maści celebrytów. Stigma zaraz udawała się na prawie trzy miesiące odosobnienia, żeby w stanie idealnego oczyszczenia uczynić zadość tradycji.

Ilonowi właściwie dobrze było w towarzystwie dwóch kobiet, w łazience pachniało kosmetykami, w kuchni stół zawsze był wytarty do czysta i jedzenie pochowane w lodówce, do tego dom ożywał dzięki ich głosom. Mówiły do niego, zaczepiały go zwyczajnymi pytaniami o chleb, apetyt, pogodę, plany. Wieczorem, gdy zmęczony i pełen niepokoju wracał z Klinik, wołały go na piwo albo herbatę, siadały naprzeciwko jedna koło drugiej, tak że ich łokcie stykały się, a ich oczy wpatrywały się w niego z ukrywaną z trudem ciekawością. Miał wrażenie, że z Oresty ulotnił się na dobre niegdysiejszy smutek i wypalił się w niej bunt. Teraz częściej żartowała z nim, rozluźniona, zarumieniona. Lubił na nią patrzeć, gdy była w takiej formie. Czuł, że więzi między nimi zadzierzgują się na nowo. Starał się nie okazywać córce, jak bardzo mu na niej zależało. Chciały oczywiście, żeby opowiadał im, jak jest tam od środka, w najskrytszym mechanizmie świata. To, że interesowała się tym też córka, najpierw go zdziwiło, a potem zachwyciło, poczuł się ważny. Opowiadał więc, a one stawiały pytania, a każde zaczynało się od słów: „Czy to prawda, że...?".

Na początku spytały o płeć.

Ilon należał do tych wtajemniczonych, którzy dobrze wiedzieli, że mówiąc o Monodikosie „on", czyni się oczywiście nadużycie — pod każdym względem. Powinno dla niego istnieć jakieś osobne słowo, specjalny zaimek i nie wiadomo właściwie, dlaczego go jeszcze nie wymyślono. Chyba dlatego, że w języku w ogóle brakowało słów na nazywanie go, Monodikosa, co najwyżej można było użyć dużej litery w zaimkach albo określeń typu „Niosący w Przyszłość", które są tak metaforyczne i oderwane, że już nic nie znaczą. Żadne słowa nie mogą unieść cudu jego istnienia.

Legenda przebąkiwała, choć znowu nie mówiło się o tym głośno, że co osiemdziesiąt, dziewięćdziesiąt lat Monodikos zmienia płeć, nigdy nie całkowicie, ale ta jego cecha faluje w czasie. Ilon słyszał o tym od ojca, który jednak tego na własne oczy nie widział, mówił mu to jego ojciec, właściwie przyszywany ojciec, ojczym — główny rekon pięćdziesiąt lat temu. Jemu zaś opowiadał o tym jego poprzednik, który był świadkiem tego procesu falowania płci. Wtedy Monodikos był czymś w rodzaju kobiety, „czymś w rodzaju", ponieważ i tak mówiono o nim „on", jakby ludzki umysł nie potrafił przyjąć idei Naszej Siostry zamiast Naszego

Brata. Ilon widział kiedyś rysunki z dawnych czasów, kiedy jeszcze można było rysować ciało Monodikosa i kiedy trwały badania nad nim. Płeć była tam zwykle pomijana. Pozostawały pogłoski. Teraz, kiedy Ilon oglądał ciało Monodikosa codziennie, czasem przez wiele godzin — chude, storturowane, zbolałe ciało, które jak najszybciej należy przywrócić do dobrego stanu — w ogóle nie myślał o płci. Odmienność Monodikosa była oczywista, ale trudno ją było porównywać z czymkolwiek. Ilon nie lubił tych tematów. Płeć była dla niego zawsze abstrakcyjnym naddatkiem, cechą powierzchowną i w gruncie rzeczy bez znaczenia. Tym bardziej że miał córkę. Możliwe, że gdyby miał syna, myślałby inaczej. Zbył to pytanie dziewczyn, ale dostrzegł rozczarowanie w ich oczach.

— Czy to prawda, że nie wystarczy specjalna komisja, żeby stwierdzić jego śmierć, ale wysyła się jeszcze skany jego mózgu najlepszym klinikom na świecie? — zapytała Filipa.

— Jak wygląda jego śmierć? Skąd wiecie, że umarł? — dodała Oresta.

Tłumaczył im całą skomplikowaną procedurę dokładnie, chcąc zatrzeć ich rozczarowanie brakiem odpowiedzi na poprzednie pytanie. Śmierć stwierdzają główny rekon i komisja specjalistów z całego świata. Oznajmiają to miastu i niebu, to wtedy wyłącza się wszystkie media. Przez czterdzieści godzin Monodikos nie żyje. Ustają wszelkie funkcje, także mózgu, zaczynają się nawet tworzyć plamy opadowe, po których na długo pozostają siniaki, szczególne wyzwanie dla niego, dla Ilona Masażysty. Potem — to każdy wie — między czterdziestą a czterdziestą czwartą godziną Monodikos powraca do życia.

Filipa poruszyła się niespokojnie, gdy mówił.

— Kiedy byłam dzieckiem, myślałam, że to tylko taka metafora. Że to nie dzieje się naprawdę.

Uśmiechnął się i pociągnął łyk piwa. Miało metaliczny smak, jak wszystko.

— Czy widziałeś kiedyś ten powrót? Jak to wygląda?

— Przecież znasz to z telewizji — odpowiedział.

Przecież każdy zna to z telewizji. Po stwierdzeniu i ogłoszeniu wiadomości o śmierci media wyłączają się na trzydzieści sześć godzin. Nic nie nadaje. To jest Galene, Cisza. Ludzie zostają w domu, siedzą w ciemnościach, palą świece. Nic nie działa, nic nie jeździ. Wszystko jest zamknięte. Ktoś mu powiedział, że mnóstwo ludzi wtedy wariuje i na pełnych obrotach działają szpitale psychiatryczne. Zawieszone są prawa, co wielu wykorzystuje, jakby nie biorąc pod uwagę, że kiedy minie Galene, każde przestępstwo popełnione w tym czasie będzie karane dwa razy surowiej. Ludzie robią rzeczy dziwne. Piją. Zdradzają. Podejmują decyzje, których potem będą żałować. Samobójstwa — to wtedy dramatycznie wzrasta ich liczba. Oto coroczna próba niebytu, świat traci swe właściwości, a całe życie zawiesza się; musi dojść do całkowitego odnowienia, żeby ruszyło dalej. Powstałaby pustka, gdyby nie Monodikos, Nasz Brat, który odnawia świat. W trzydziestej szóstej godzinie włączają się ekrany i kamery pokazują tylko ten jeden widok — dłonie Monodikosa. I wszyscy czekają z napięciem na poruszenie się palca, na drżenie, na najmniejszy ruch. Świat wstrzymuje oddech, choć wszyscy wiedzą, co się wydarzy. Każdy pamięta z dzieciństwa tych kilka godzin, kiedy włączone w każdym mieszkaniu ekrany pokazują wciąż ten sam widok — dłonie spoczywające na czarnym kirze, blade, długopalce. Czas oczekiwania. Dzieci się nudzą, nie rozumiejąc, dlaczego nie wolno im się bawić, dlaczego nie wypada wisieć głową w dół na podwórkowych trzepakach albo grać w gry planszowe, choćby tak niewinne i proste jak kółko i krzyżyk. Rodzice sprawdzają, czy galareta ze świńskich nóżek stwardniała już wystarczająco w lodówkach, czy ukisiły się tegoroczne ogórki, zaraz się je będzie układać na talerzach jako przystawkę przed głównym świątecznym daniem. Patrzy się przez świeżo wymyte okna na szybki zimowy zmierzch, który rozpala na pomarańczowo brudne refleksy nad miastami. Przechodzi się z kuchni do pokoju i rozstawia na stole talerze. Sprawdza się godzinę, poprawia strój. Nie zapala się świateł, lśni tylko żółtawoniebieski poblask z ekranów, więc ludzkie

237

mieszkania wyglądają, jakby mieściły się na dnie fluorescencyjnych mórz. Kto pierwszy w rodzinie zauważy na ekranie telewizora ruch palców, niewielkie, ledwie zauważalne drżenie, ten — jak się wierzy — będzie miał szczęście przez cały następny rok.

Filipa wyciągnęła skądś butelkę czerwonego wina i rozlała do kubków, ponieważ w domu Ilona i Oresty nie było kieliszków. Ilon rozluźnił się, rozpiął kamizelkę. Filipa oparła brodę o dłoń i wpatrywała się w niego z miną, którą wziął za podziw.

— Czy to wygląda tak, jak pokazują w telewizji? — zapytała go. Miała na myśli to, czy Monodikos ożywa od palców, a potem puszcza się w eter rytm jego serca. I dlaczego nie pokazują jego twarzy.

Oresta dodała:

— Zawsze żałowałam, że to wszystko jest tak mało spektakularne, że nie grają trąby, nie pojawiają się światła.

Uśmiechnął się. Nie spędzał tego czasu w domu z rodziną. Wszyscy rekoni mieli wtedy ostry dyżur, wszystko było przygotowane i czekało się w nieprzyjemnych ciemnych pomieszczeniach Klinik na dźwięk dzwonka, który zawsze brzmiał, jakby obwieszczał katastrofę. Wtedy zrywali się z miejsc i biegli na swoje stanowiska. Wielki Dzień zwany Einai — słowem wziętym z dawnego języka, znaczącym „Jestem" — dla nich wyglądał inaczej niż ten w transmisji na żywo. Bezwładne ciało, ślady

238

ran, zapadnięte oczy i skronie, chłód skóry i oddech, który pojawia się nagle w tej martwej skorupie. Drżenie palców, impulsy nerwowe, ożywienie krwi, która nagle rozrzedza się i zaczyna płynąć. Kiedy kończyła się transmisja, u nich zaczynała wyć syrena, z trzaskiem zapalały się światła na korytarz i łóżko z Monodikosem pędziło do Sali Resuscytacji. Kiedy wieziono ciało jasno oświetlonymi korytarzami, wielu rekonów klękało i chowało twarz w dłoniach. Inni stali ze spuszczonymi głowami, w czym wyrażała się cała ich ludzka bezradność. To prawda, ożywienie nie było spektakularne, jak chciałaby tego Oresta. Monodikos, podłączony do ludzkiej aparatury, przychodził do życia powoli, ale nieustępliwie. Życie najpierw pojawiało się pod postacią drobnych impulsów w mózgu, po kilkunastu minutach dołączało się serce, najpierw pojedynczym uderzeniem, potem kolejnym, aż przychodził taki moment, kiedy uderzało raz za razem, wyraźnie. W nocy wszystkie stacje emitowały ten rytm, nic innego tylko to bam, bam, bam zmartwychwstałego serca. Wtedy zapadała na całym świecie cisza, aż do świtu, gdy wielki wybuch radości witał odrodzony świat.

— Chociaż — i tu Ilon zawahał się, ale miał wielką pokusę, żeby wyznać komuś ten sekret, w końcu go wypowiedzieć. — W tym roku nadawali bicie serca nagrane poprzednio.

Nie czekając na pytanie „Dlaczego?", dodał:

— Ponieważ to aktualne było tak słabe i nieregularne, że nie nadawało się do transmisji.

Filipa dolała mu jeszcze do pełna. Wino mu smakowało, nie pił go od lat.

— Widzę to z bliska od dwudziestu czterech lat i powtarzam, że nie ma w tym nic radosnego — mówił rozluźniony — i że życie wraca opornie, zgrzytliwie. Co roku boję się, że tym razem to się nie uda, że nastąpi koniec, a tymczasem dwadzieścia cztery razy widziałem, że to dzieje się naprawdę. Czy macie wtedy też dziwne uczucie drętwienia, gęsiej skórki? Myślę, że wszyscy je mają... I że wszystkich ludzi na świecie ogarnia wtedy wątpliwość: A jeżeli tym razem się nie uda? Przecież to cud, ma prawo być kapryśny i może się nie powtórzyć. Lecz udaje się. Chociaż właściwie nadal nikt nie wie, jak to się dzieje.

Po winie, do którego zdecydowanie nie był przyzwyczajony, poczuł przypływ nieokreślonego wzruszenia i oczy napełniły mu się łzami. Westchnął zawstydzony gorącą falą uczuć. Oparł się o stół i już chciał się podnieść, żeby pójść spać, gdy Filipa nieoczekiwanie położyła dłoń na jego dłoni i szepnęła:

— Proszę z nami zostać.

Nagle uświadomił sobie, że coś jest nie tak. Czuł, że te dwie kobiety czegoś od niego chcą i że powoli nadchodzi moment, gdy dowie się, w czym rzecz, choć nie jest na to gotowy. Chciał odejść.

— Nie powinienem z wami o tym rozmawiać, to niezdrowe zainteresowania. Taki jest porządek naszego świata, innego nie będzie.

— Może być inny porządek — odezwała się cicho Filipa.

Zabrał ze stołu swoje okulary i wstał. Oresta stanęła naprzeciwko niego:

— Ilon, mamy pomysł, żeby go oddać z powrotem tam, skąd się wziął.

Ilon nie zrozumiał, co powiedziała.

— Co za „my"?

— Spokojnie — powiedziała Filipa. — Spokojnie, Ilon, jesteśmy małą organizacją, grupą...

Powoli dotarło do niego, co powiedziała. Poczuł, jak krew nadbiega mu do twarzy, jak się czerwieni. Jego organizm zaczął się szykować do jakiejś wyimaginowanej walki, myśli rozbiegły mu się na wszystkie strony i nie mógł ich zebrać razem.

— Z tych, co odziedziczyły protest? — zapytał po chwili złośliwie. Tylko to przyszło mu do głowy. Sarkazm. Poczuł się oszukany i zdradzony.

— Działamy, kierując się rozumem i sercem — powiedziała Filipa, patrząc mu intensywnie w oczy.

Ilonowi zamajaczyły w głowie zjadliwie czerwone okładki broszurek Oresty.

— Otumaniłaś ją! — krzyknął, po czym złapał Filipę za ramiona i potrząsnął nią; poddawała się temu jak lalka, drobna, krucha. Krzesło przewróciło się z hukiem. — Opętałaś moją córkę, żeby dotrzeć do mnie, żeby namawiać do zbrodni.

— Uspokój się, Ilon. To nie zbrodnia, to zwyczajne współczucie wobec drugiego człowieka.

Puścił ją.

— On nie jest człowiekiem, on jest większy niż człowiek. Taki jest porządek rzeczy — powiedział, drżąc z oburzenia. — Cały świat stoi na tym porządku. On jest nieśmiertelny, jego śmierć nie jest ostateczna, tak jest po prostu. Bez niego zapanowałby chaos. Już raz tak było, nikt nie chce, żeby ten czas wrócił. Trzeba coś poświęcić, żeby mieć spokojne życie.

Stojąca przed nim Filipa nagle wyprostowała się i zacisnęła dłonie. W tym momencie wydała mu się śmiertelnie niebezpieczna. O, tak, ta istota podszywała się dotąd pod kogoś, kim nie była.

— Jesteś taki sam jak cała ta reszta. Co ty wiesz o świecie, o żywych ludziach. Doprowadzasz tylko do dobrej formy hodowaną ofiarę, żeby tacy jak ty mogli ją zabić w imię odwiecznej tradycji. Jesteś takim samym mordercą jak oni, choć wydaje ci się, że go ratujesz.

Ilon uderzył Filipę w twarz. Oresta patrzyła na niego szeroko otwartymi oczami.

— Wynoś się stąd — powiedział do Filipy i odwrócił się do niej plecami. Po kilku chwilach usłyszał trzaśnięcie drzwi.

Oresta pobiegła do swojego pokoju i zaczęła się gorączkowo pakować. Widział przez niedomknięte drzwi, jak przez chwilę stała na środku pomieszczenia, przyciskając do twarzy czerwoną koszulkę Filipy. Wycofał się, zawstydzony i wstrząśnięty.

Przejście

Podszedł do kalendarza przyczepionego magnesem do skorodowanej lodówki i przeżuwając suchą kanapkę, patrzył na dwie barwne spirale odzwierciedlające rok. Pierwsza zaczynała się od ciemnego środka zimy, który znaczył Wielki Dzień, kiedy Mono powracał do świata, i odtąd pojedyncze dni nanizane na nić czasu rozwijały się do przedwiosennych Szarych Dni, kiedy powracał do zdrowia. Potem następowało Okazanie w czasie równonocy wiosennej, po którym rozkwitała jasno i wiosennie Seira, zwana też Porządkiem. Był to czas równowagi i spokoju, seledynowa pora, kiedy przyroda budziła się do życia, a drzewa pokrywały się liśćmi. Trwał aż do radosnych dni letniego przesilenia i czasu Harmonii. Od przesilenia zaczynał się nowy krąg, lustrzane odbicie poprzedniego, ten jednak zwijał się i ciemniał. Początek jesieni, Dzień Powagi, kiedy to wybierano Godnych, był bramą ciemności, dni brunatniały, wyglądało to tak, jakby czas korodował i poddawał się odwiecznej pracy rdzy, która podważa jedność materii i dzieli ją na kawałki, drobiny i kęsy, żeby je potem mleć na proch. Przejście i Cisza, zwana w starym języku Galene, to kilka czarnych dni ściśniętych w środku drugiego kręgu kalendarza, jego mroczne jądro, gniazdo ciemności.

Był środek zimy. Dzień przed Przejściem. Już od wielu lat nie padał śnieg, było wilgotno i wietrznie, ciemne chmury pędziły nisko nad dachami domów i wydawało się, że anteny na dachach rozpruwają ich brzuchy, z których zamiast śniegu leci rdza. Ale to był czas syty; na dole, pod poranionymi chmurami trwały przygotowania, na rynkach miast ustawiano trzeszczące od wiatru konstrukcje telebimów. Robiono ostatnie zakupy i mimo wysiłków sprzedawców niektóre półki już opustoszały. Wypełnione były puby i bary, bo w tym czasie wypadało się przynajmniej raz upić. Ilon mijał rozgadanych, rozgrzanych alkoholem mężczyzn, którzy raczyli się piwem przy wysokich stolikach wystawionych na ulicę. Najczęstszym tematem rozmów byli Godni — już od września szykowali się do swojej roli. W tym roku nie wylosowano nikogo sławnego. W zeszłym roku był między nimi znany aktor i niektórzy sarkali, że losowanie zostało ustawione. Ale przecież maszyna wybierała spomiędzy wszystkich mężczyzn o nieposzlakowanej opinii, powyżej czterdziestego roku życia, na całej planecie. Nie można było wykluczyć, że los padnie także na znanego aktora. Wybrańcy przechodzili odtąd na wymagającą dietę i oddawali się specjalnej medytacji. Ich twarze pojawiały się w każdym programie informacyjnym i w każdej gazecie.

Kiedy mijał sklep, zastanawiał się przez chwilę, czy nie wejść do środka. Dziś trzeba było się posilić, najeść się do syta przed trzydniowym postem. Spożywało się tłuste potrawy, mnóstwo jajek, zabijano jagnięta i prosiaki. Wyjadało się wszystko z lodówek, z szuflad spiżarek. Opróżniało się słoiki miodu. U ludzi naprawdę religijnych lodówki musiały zostać puste na trzy dni Galene, więc zapasy znoszono do piwnic i chowano u mniej religijnych sąsiadów.

Odkąd został sam, przestał gotować w domu, żywił się tylko tym, co serwowała stołówka w Klinikach. Od kiedy nie było Oresty, jego lodówka pozostawała pusta, jakby cały czas żył w ciszy pełnej oczekiwania. Stał w środku tylko słoik starej, zbrązowiałej ze starości musztardy.

Od razu poszedł się wykąpać. Leżał w czerwonawej od rdzy wodzie i przyglądał się swoim chudym, wystającym z wody kolanom. Miał reumatyzm, kolana były spuchnięte, bolały.

Poprzedniego dnia z głównym rekonem wizytowali miejsce, gdzie trwały przygotowania do Przejścia. Sprawdzali kamienie. Wymyte i wydezynfekowane, wyjęte z wyścielanych kasetek, w których je przechowywano przez cały rok, prezentowały się jak kawałki najczarniejszego węgla. Każdy z nich ważył między 340 a 810 gramów. Miały ostre krawędzie. Zawsze kiedy Ilon przesuwał po nich palcem, robiło mu się słabo. W pogotowiu czekały wszelkie urządzenia medyczne, bandaże uciskowe, szwy, igły i strzykawki, komplety urządzeń chirurgicznych, autoklawy, butelki płynów dezynfekujących, antybiotyków, pudełeczka maści, stojaki do kroplówek i same kroplówki w szklanych naczyniach. Uważny, przenikliwy wzrok głównego rekona omiatał każdy szczegół. Ilon podążał za jego sztywnym krokiem, starając się patrzeć na wszystko jak na eksponaty w muzeum.

Dziś wytłumaczył się atakiem reumatyzmu, żeby pójść wcześniej do domu. Zaraz jednak musiał wracać do pracy — jutro jest dzień Przejścia. Próbował się jakoś wyciszyć. Kąpiel go zawsze uspokajała i przynosiła ulgę kolanom.

Wtem ktoś zadzwonił do drzwi i nie czekając na zaproszenie, wszedł do środka. Ilon podskoczył — był pewien, że wróciła Oresta. Przed oczami pojawił mu się trochę już zapomniany obraz, kiedy to jego córka stała na środku pokoju i wąchała spraną czerwoną koszulkę Filipy. Zamrugał, chcąc się pozbyć tego widoku. Nie czuł już gniewu ani zażenowania. Ogarniał go za to coraz większy, trudny do uniesienia smutek, że stracił ją na zawsze. Lękał się tego smutku — bał się, że może w jakiś sposób zarazić nim Monodikosa, że tamten wyczuje, jak spływa z koniuszków palców masażysty w jego święte, nieśmiertelne ciało. Odczuwał go jak chorobę.

Podniósł się, by sięgnąć po ręcznik i wyjść na spotkanie córki.

Usłyszał jednak obce męskie głosy, po chwili drzwi łazienki otworzyły się. W progu stał główny rekon, za nim jeszcze kilku strażników, których znał tylko z widzenia.

— Gdzie on jest, Ilonie?

Nie zrozumiał. Pomyślał, że pytają o Orestę.

— Ubierz się — powiedział główny rekon, patrząc na nagie ciało Ilona, który zdenerwowany owijał się ręcznikiem.

— Od lat wiemy, że trzymasz własne map-ciało i teraz przyszliśmy po nie.

Mimowolnie Ilon zaczął dygotać. Szczękał zębami ni to z zimna, ni z przerażenia. Słyszał, jak strażnicy bez pardonu wchodzą na werandę. Słyszał, jak spadła skrzynka z narzędziami, potem doleciał go dźwięk tłuczonego szkła. Główny rekon patrzył w sufit, gdy Ilon wciągał na siebie ubranie.

— Nic złego nie zrobiłem — odezwał się masażysta drżącym głosem. — Po prostu ćwiczyłem na nim, doskonaliłem palce. Nikt o tym nie wie.

— My wiemy. To wystarczy.

Główny rekon zamknął drzwi i stanął przed przerażonym Ilonem. Byli tego samego wzrostu, patrzyli sobie w oczy. Ilon miał wrażenie, że widzi w nich pogardę, spuścił wzrok.

— Zniknął.

Ilon nie od razu zrozumiał to, co usłyszał. Dostrzegł, jak blada jest twarz głównego rekona, biała jak papier. Rzadka broda wydawała się absurdalną kolekcją pojedynczych włosków powkładanych chaotycznie w skórę. Zrozumiał, że główny rekon się boi.

— Pojedziesz z nami. Musimy się zachowywać, jakby się nic nie stało.

Strażnicy zawinęli map-ciało w koc z łóżka Oresty i nieśli je jak dywan przez klatkę schodową na ulicę. Tam utworzyli mały szpaler i map-ciało znalazło się w samochodzie wojskowym. W drugim aucie usiedli główny rekon i Ilon, który jeszcze dopinał guziki płaszcza. Ulice były puste, niebo poczerwieniało od zachodu.

— Jak to się stało? — zapytał Ilon.

— To była misterna robota. Winda, przekupiony strażnik, który też zniknął. I parę innych osób, niestety, spośród tych najbardziej zaufanych. Prowadzimy śledztwo — rzucił główny rekon w powietrze, nie patrząc na niego. Ilona zalała fala gorąca, trząsł się, dygotały mu ręce.

— Ubierzecie go tak jak Monodikosa, guma jest miękka, przypomina ludzkie ciało, ma jego proporcje. Niech ktoś zrobi tej kukle najlepszy makijaż. Zaraz tam będę. Puścimy zeszłoroczne nagranie.

Ilon zrozumiał, co chcieli zrobić — zafałszować przekaz telewizyjny i oszukać miliardy widzów.

— Ale... — zaczął, nie wiedząc właściwie, przeciwko czemu chce zaprotestować. To wszystko wydało mu się potworne.

Oczywiście pomyślał o Oreście i o tym, że już nigdy jej nie zobaczy. Próbował wyobrazić sobie miejsce, w którym teraz była, ale cała jego troska i uwaga skupiała się na Monodikosie — przecież on nie zna innego życia, a jego światem od ponad trzystu lat są tylko sterylne pomieszczenia Klinik. Przecież bierze leki, musi mieć specjalną dietę, kąpiele w ziołach na jego pokiereszowane ciało. Trzeba mu robić kroplówki i badać krew. Poczuł rozpacz podobną do paniki, która gniotła mu płuca, ale wziął kilka głębszych oddechów i opanował się.

Samochód przejeżdżał przez most, na którym znowu protestowali ludzie z ustami zaklejonymi czarną szmacianą taśmą. Nikt nie zwracał na nich uwagi. Powoli i oni zaczynali zbierać się do domów na święto. Chowali czarne chustki do toreb, zwijali transparenty. Prawie z każdego okna odrapanych smutnych kamienic sączyło się blade światło telewizorów. Już czekano na transmisję. Główny rekon powiedział:

— Wszystko musi się odbyć jak zwykle. Po prostu Godni ukamienują map-ciało, jak zwykle czynią to z Monodikosem.

— A potem? Co będzie potem? — Ilon nie dowierzał wszystkiemu, co słyszy.

— Nic. Będzie to, co zawsze. A my odnajdzie-
my go i ukarzemy terrorystów — odpowiedział
główny rekon z niespodziewaną u tego dostojnego
starca złością.

Gdy wjeżdżali na podwórka Klinik, Ilon drżący-
mi palcami dopinał guziki w pośpiechu narzucone-
go płaszcza. Miał nieprzyjemne wrażenie, że ciemność zapadała szybciej niż zwykle. Nawet okna
Klinik, zazwyczaj rozjarzone, teraz były pożółkłe
i przygaszone, jak i całe miasto, które w mroku tra-
ciło kontury. Ciemność zapadała szybko, wydawało
się — tym razem nieodwracalnie.

Spis treści

Wydanie pierwsze

Opieka redakcyjna
Waldemar Popek

Redakcja
Wojciech Adamski

Korekta
Ewelina Korostyńska, Monika Ślizowska,
Aneta Tkaczyk

Projekt okładki, ilustracja
Joanna Concejo

Opracowanie graficzne okładki i stron tytułowych
Marek Pawłowski

Zdjęcie autorki na czwartej stronie okładki
Łukasz Giza

Redakcja techniczna
Robert Gębuś

ISBN 978-83-08-06498-6

Printed in Poland
Wydawnictwo Literackie Sp. z o.o., 2020
ul. Długa 1, 31-147 Kraków
księgarnia internetowa: www.wydawnictwoliterackie.pl
e-mail: ksiegarnia@wydawnictwoliterackie.pl
fax: (+48-12) 430 00 96
tel.: (+48-12) 619 27 70
Skład i łamanie: Infomarket
Druk i oprawa: Drukarnia CPI Moravia Books